AF302677

Hans-Joachim Pieper

Fremde

Künstlergeschichten

Bibliografische Information der Deutschen Nationalbibliothek: Die Deutsche Nationalbibliothek verzeichnet diese Publikation in der Deutschen Nationalbibliografie; detaillierte bibliografische Daten sind im Internet über dnb.dnb.de abrufbar.
Die automatisierte Analyse des Werkes, um daraus Informationen insbesondere über Muster, Trends und Korrelationen gemäß § 44b UrhG („Text und Data Mining") zu gewinnen, ist untersagt.

Verlag: BoD · Books on Demand GmbH, Überseering 33, 22297 Hamburg, bod@bod.de
Druck: Libri Plureos GmbH, Friedensallee 273, 22763 Hamburg

ISBN: 978-3-8192-9594-2

Inhalt

Fremde

1

In einem südländischen Dorf an der Küste lebten als einzige Fremde ein Arzt und ein Schriftsteller gesetzten Alters. Der Arzt mochte wenige Jahre älter sein. Angezogen von der einfachen Lebensweise der Fischer und Kleinbauern, hatte er sich, aufgrund mütterlichen Erbes im Besitz einer stattlichen Villa, schon vor langem am Orte niedergelassen und durch bescheidenes Auftreten ebenso wie durch sachkundige Hilfeleistungen das Vertrauen der Bevölkerung gewonnen. Doch obwohl einheimisches Blut in seinen Adern floss, blieb eine letzte, nicht zu überbrückende Distanz bestehen. Der Schriftsteller hingegen war erst vor einigen Jahren mit dem letzten Touristenstrom angekommen und, von der milden Atmosphäre und der Stille des heranrückenden Herbstes verführt, gewissermaßen hängengeblieben. Er übersiedelte aus seinem Hotel zunächst in eine kleine Privatpension. Inzwischen bewohnte er ein altes Haus in einer der engen Gassen, die steil zum Hafen abfielen. Niemand wusste, wovon er lebte. Man vermutete, dass er von Hause aus über Vermögen verfügte. Und statt es zu vergrößern – was vor allem die Jüngeren im Orte für das Natürlichste gehalten hätten – schien er es hier in der Abgeschiedenheit, selbst nicht mehr allzu weit vom Greisenalter entfernt, verleben zu wollen. Von daher betrachtete man ihn stets mit Skepsis. Erst seit er regelmäßig mit dem Arzt zu einer Flasche Wein und einer Partie Schach in der Taverne zusammentraf, genoss er etwas Ansehen, während die Stellung des Arztes durch diese Genossenschaft, allerdings kaum spürbar, angegriffen worden war.

Die beiden Fremden hatten sich erst spät einander angenähert. Zwei Jahre verstrichen, ohne dass sie mehr Worte als unbedingt nötig miteinander wechselten, dann machte es eine Erkrankung dem Schriftsteller erforderlich, den Arzt aufzusuchen. Dieser, der über den Ankömmling nicht mehr wusste, als ihm seine einheimischen Patienten berichteten, begrüßte ihn: „Ah, der Herr Philosoph!" Denn so wurde der Schriftsteller von den Leuten genannt, weil er stets irgendwelchen Gedanken nachzuhängen schien und, wo er gerade war, Eintragungen in ein abgewetztes Schreibheft vornahm. Der Schriftsteller lachte, wurde jedoch sofort von einem kurzen trockenen Husten unterbrochen. Heiser erwiderte er: „Guten Tag, Dottore!" Obwohl in diesem Landstrich keineswegs üblich, hatte man den Arzt mit diesem Titel, der eine Art allgemeiner Gelehrtheit ausdrücken sollte, bedacht. Es war bekannt, dass er neben seiner medizinischen Praxis zum Privatvergnügen geschichtlichen Studien nachging und auch in Rechtsstreitigkeiten den einen oder anderen Hinweis zu geben vermochte. Seinen historischen Untersuchungen zuliebe unternahm er zahlreiche Reisen ins Landesinnere, bei denen er oft tagelang wegblieb. Die Leute glaubten zu wissen, dass er diese Reisen stets mit einem Besuch in der Hauptstadt verband, wo er eine Geliebte haben sollte. So hatte sich bei den Männern des Ortes als Ausdruck für das Aufsuchen anrüchiger Frauen, denn dafür hielten sie eine solche Geliebte, die Redewendung „eine Reise machen" oder auch „eine Studienfahrt unternehmen" herausgebildet.

Der Philosoph konsultierte an den folgenden Tagen regelmäßig den Arzt, und allmählich wurde ihr Umgang vertraulich. So erfuhr der Mediziner, dass sein neuer Patient Schriftsteller war, dass er wenige Monate nach dem Erscheinen eines erfolgreichen Romans – Monate, während deren er zahlreiche Vorträge und Lesungen absolviert hatte – eine bis dahin nicht gekannte Schwere und Trägheit der Gedanken, mit Lähmungserscheinungen der Hand einhergehend, empfunden hatte, die es ihm unmöglich machten, auch nur eine Seite zusammenhängenden Textes zu verfassen. Ermüdet und deprimiert war er hierher in die Ferien gefahren, und die Vorstellung, in dieser Fremde, wo niemand Ansprüche an ihn erhob, zu überwintern, hatte er so angenehm gefunden, dass er bis auf weiteres geblieben war. Auch konnte der Arzt bemerken, dass sein Gesprächspartner im Laufe der zwei Jahre seines Aufenthaltes alles Nordische abgestreift hatte und der Verkehr mit ihm sich leicht und angenehm gestaltete. Sie verabredeten für den Abend eine Partie Schach, und ohne dass darüber ein Wort verloren wurde, trafen sie sich fortan jeden Tag nach Sonnenuntergang in der Taverne, sofern der Arzt

nicht studienhalber unterwegs war oder von einem
Patienten benötigt wurde. Unausgesprochen entwickelte sich dabei das Verhältnis zweier reifer Männer,
die einander schätzten, aber nicht bedurften, die voneinander lernen konnten, doch in dem sicheren Bewusstsein lebten, dass sie jahrelang Zeit haben würden, miteinander zu verkehren, und es nicht erforderlich war, die erste Zeit ihrer Bekanntschaft mit langatmigen Berichten oder tiefgreifenden intellektuellen
Gesprächen zu belasten.

Der Philosoph hatte die Gewohnheit angenommen, auch an Tagen, an denen der Dottore auf Reisen
war, sich auf dem gewohnten Platz in der Taverne
einzufinden, die Figuren auf dem Schachbrett zu ordnen und zwischen langen Pausen, in denen er weit abschweifte – Pläne zu einem neuen Roman bedachte
und verwarf oder auch nur in der Zeitung las –, einige
Spielzüge durchzuprobieren. Dazu trank er einen
Viertelliter. Oft auch zog er sein Schreibheft hervor,
legte es vor sich auf den Tisch, um hin und wieder
etwas zu notieren.

An einem solchen Abend war es, dass ein gedrungener, kräftiger Bauer, in der Hand einen zerknitterten Brief, die Schenke betrat und sich suchend umsah.
Schließlich fragte er den Wirt nach dem Dottore. Der
Wirt, ein gemütlicher rotwangiger Mann, erwiderte,
der Dottore mache eine Reise. Bei dieser Antwort erhob sich ringsum Gelächter, der Bauer aber verzog
betroffen das Gesicht. Er wollte schon wieder hinausgehen, als der Schriftsteller, der die Szene beobachtet

hatte, ihn zurückrief. Er fragte ihn, worum es sich handelte, und forderte ihn auf, Platz zu nehmen. Der Bauer zögerte, doch schließlich gab er sich einen Ruck, und zeigte dem Fremden das Schriftstück, das er in der Hand hielt. Der Schriftsteller überflog es, er erkannte sofort, dass es umgehend Antwort verlangte.

„Sie müssen so schnell wie möglich einen Brief schreiben", sagte er zu dem Mann, der stehen geblieben war und nun nickte und die Achseln zuckte. Wie die meisten Leute des Ortes konnte er kaum schreiben, vor allem traute er sich nicht zu, die richtigen Worte zu finden. Der Schriftsteller zeigte erneut auf den leeren Stuhl ihm gegenüber, er lächelte und sagte: „Ich helfe Ihnen, wenn Sie wollen." Nach einer Pause setzte er hinzu: „Der Dottore wird erst in drei Tagen zurück sein." – Der Bauer verstand, dass der Brief früher geschrieben werden musste, doch er zögerte, sich dem Fremden anzuvertrauen. Da es jedoch um Geld ging, das man ihm vorenthalten wollte, kämpfte er sein Misstrauen nieder, und mit einem Fluch auf die hohen Beamten, die den armen Leuten keinen Cent gönnten, ließ er sich langsam auf den freien Stuhl herab.

Normalerweise wandten sich die Einwohner mit solchen Angelegenheiten an den Arzt. Einen Advokaten gab es am Orte nicht, und die wenigen, die einen solchen in der Stadt hätten bezahlen können, waren nicht ganz zu Unrecht von Misstrauen zerfressen und bezichtigten die Anwälte der Pfennigfuchserei, mit der sie einen armen Teufel eher zugrunde richteten, als ihm zu seinem Recht zu verhelfen. Wie ein Arzt, sagten sie, leben die Advokaten vom Unglück der Menschen. Nur dass der Arzt unentbehrlich, sozusagen eine Naturnotwendigkeit sei, denn der Mensch habe nun mal einen Körper, der von Zeit zu Zeit erkranke, dass aber ein ehrlicher Mensch einen Advokaten benötige, dabei müsse es sich um eine Art Erfindung der Regierung und der Bürokraten handeln. Der Philosoph grinste, als der Bauer ihm diese Ansicht eröffnete, und bei all ihrer Naivität konnte er den wahren Kern dieser Einschätzung nicht bestreiten.

Hinter vorgehaltener Hand berichtete der Bauer nun über die Hintergründe der Angelegenheit, von der im Brief die Rede war. Seine Frau hatte ein Kind mit in die Ehe gebracht, das er nicht als seines angenommen hatte, so dass der Vater des Kindes, eines nunmehr vierzehnjährigen Jungen, verpflichtet blieb, Unterhaltszahlungen an die Mutter zu entrichten. Der Vater hatte nun Beschwerde erhoben und behauptet, der herangewachsene Junge arbeite für seinen Stiefvater auf dem Hof und müsse demzufolge auch von ihm entlohnt und versorgt werden. Da er über großen Einfluss verfügte, hatte er es durchsetzen können, dass man der Mutter des Jungen nur eine knappe Frist zur Stellungnahme gewährte, bei Überschreitung der Frist sollte der leibliche Vater aller Verpflichtungen dem Sohn gegenüber enthoben sein. Durch Verzögerungen der Postzustellung war die Frist nun auf drei Tage geschrumpft.

Obwohl das ganze Dorf von der Sache unterrichtet war, bemühte sich der Bauer um Vertraulichkeit. Er sprach leise, fast flüsternd, und sah sich immer wieder nach den anderen Gästen um. Die Männer schwiegen und verfolgten unverhohlen das Gespräch, wobei allerdings ihr Interesse weniger den ihnen bekannten familiären Problemen des Bauern als vielmehr der Tatsache galt, dass hier ein Fremder, der Philosoph, zu Rate gezogen wurde. Alle waren gespannt, wie er sich verhalten und wie die Sache sich weiterhin entwickeln würde.

Der Schriftsteller holte einige Informationen nach. Er erfuhr, dass der Junge noch zur Schule ging, fleißig und gescheit sei und nur in den Abendstunden ein wenig auf dem Feld aushelfe, wie es eben bei Bauern üblich sei, wo jedermann mit Hand anlegen müsse. Dadurch schien ihm zwar weder die Gesetzeslage noch die Frage der Gerechtigkeit ganz eindeutig. Da er aber wusste, dass es in einem Rechtsstreit nicht um Gerechtigkeit, sondern um die Wahrnehmung von Interessen ging und dass die Menschen hier, obwohl sie schlitzohrig waren und kleine Geschäfte machten, wo sie konnten, im Umgang mit Behörden völlig hilflos waren, entschied er doch sogleich, was zu tun war. Er entwarf einen Brief, in dem die Frau des Bauern erklärte, ihr Sohn gehe als ein fleißiger und guter Junge zur Schule, und wenn ihn jemand auf dem Feld gesehen habe, so betätige er sich dort zu seinem Vergnügen und keineswegs, weil er dazu angehalten werde.

Neben dem vielen Lernen, setzte er hinzu, brauche ein kräftiger Junge gerade in diesem Alter auch die Bewegung an frischer Luft. Keinesfalls sei er ein Angestellter ihres Mannes und diesem zu irgendwelchen Arbeiten verpflichtet. Der Schriftsteller bemühte sich, Klarheit der Aussage mit einem schlichten Ausdruck zu verbinden. In einem Postskriptum führte er sich selbst als Zeugen auf und erklärte, die oben gemachten Angaben der Frau bestätigen zu können. „Ihre Ausführungen entsprechen in jedem Punkte der Wahrheit", schloss er den Brief und unterschrieb ihn mit seinem vollen Namen und Titel. Nachdem der Bauer den Brief gelesen und überall herumgezeigt hatte, schlug der Schriftsteller vor, ihn auf seiner Schreibmaschine zu schreiben: „Ihre Frau kann am Morgen zu mir kommen, unterschreiben und ihn sofort zur Post tragen." Dass ein Brief auf einer Maschine getippt werden sollte, bedeutete eine kleine Sensation. Der Arzt hatte sich stets damit begnügt, derartige Schreiben in seiner gleichmäßig geschwungenen Handschrift abzufassen, nun aber sollte ein Brief so aussehen, als käme er selbst von einer Behörde.

Zufrieden ging der Bauer nach Hause, um seiner Familie zu berichten. Der Schriftsteller blieb noch ein Weilchen sitzen. Er dachte daran, dass er diesen Brief vor allem des Kindes und der Mutter wegen entworfen hatte. Denn es war abzusehen, dass ihre Situation unerträglich würde, sollte der Beschwerde des Vaters stattgegeben werden. Hinsichtlich des Erfolges war er zuversichtlich. Die Frist zu wahren, bedeutete schon den halben Sieg. Im Übrigen vertraute er darauf, dass ein verständiger Beamter die Angelegenheit ähnlich beurteilen würde wie er, und was dann noch fehlen mochte, glaubte er, seiner internationalen Reputation überlassen zu dürfen.

Wie vereinbart kam die Frau am nächsten Morgen zu ihm, setzte in unbeholfenen Zügen ihren Namen unter den Brief und brachte ihn im Laufschritt auf die Post. Tatsächlich erhielt die Familie weiterhin die Zuwendungen, die ihr zustanden, und nach wenigen Wochen traf ein Schreiben ein, in dem es hieß, die Beschwerde des leiblichen Vaters sei niedergeschlagen.

Der Schriftsteller – da viele den Brief mit seiner Unterschrift gesehen hatten – wurde von nun an nach der Abkürzung Dr. phil. mit dem Titel Dottore Philosoph angesprochen. Gegenüber dem einfachen Dottore des Arztes schien das zunächst eine Auszeichnung zu bedeuten. Doch lag darin wohl eher eine Einschränkung, wobei Dottore dafür stand, dass der Gemeinte Briefe schreiben und mit den Behörden umgehen konnte, Philosoph aber weiterhin jene Eigenart bezeichnete, sich still seine Gedanken zu machen und von Zeit zu Zeit etwas in seinem Heft zu notieren, eine Eigenart, die den Einheimischen stets fremd blieb und die auch vom Schriftsteller selbst als Ausdruck seiner Verschlossenheit gegenüber anderen empfunden wurde. Und wenn auch sein Ansehen so gewachsen war, dass die Leute künftig gleich zu ihm kamen, wenn sie Probleme hatten, die Schreibarbeit erforderten, und ihn baten, einen schönen Brief mit der Maschine zu machen, so wäre doch selbstverständlich niemand auf den Einfall gekommen, sich etwa im Krankheitsfall an ihn zu wenden. Er war zuständig für jene künstlichen, von Bürokraten erfundenen Schwierigkeiten, seine Position war mit der naturerzwungenen Unentbehrlichkeit des Arztes nicht zu vergleichen.

2

Eines Abends, als er aus der Taverne nach Hause kam, vermisste der Schriftsteller sein Notizbuch. Wie sonst hatte er es neben das Schachbrett auf den Tisch gelegt. Da er allein war, hatte er – gedankenarm und etwas verstimmt – mehr getrunken als gewöhnlich. Er nahm an, das Heft liegengelassen zu haben, und sicher, es am nächsten Tag zurückzubekommen, dachte er nicht mehr darüber nach. Er erfrischte sich ein wenig, ging dann, vom Wein leicht benommen, noch einmal hinaus und stieg die Treppe hinauf zum Ende der kleinen Gasse, wo vor dem kantigen Felsen des dahinter aufragenden Berges als letztes das alte, von Verfall bedrohte Haus stand, in dem Joana wohnte. In der Dunkelheit wirkte es wie eine graue Ruine. Auf dem Balkon hing Wäsche zum Trocknen, neben dem Eingang waren Haufen von Unrat aufgetürmt. Die Tür führte gleich in den niedrigen Wohnraum, in dem eine Waschmaschine, ein Tisch, dahinter ein Sofa mit verschlissenem Polster und ein flimmernder Fernseher dicht beieinanderstanden. Hinter einem fleckigen Vorhang befanden sich ein Waschbecken und eine Kochstelle.

Joana hatte ihren Mann vor einigen Jahren, kurz bevor der Schriftsteller in den Ort gekommen war, durch einen Unfall verloren und war nun gezwungen, sich mit Hilfe einer geringen staatlichen Unterstützung durchzuschlagen, die sie durch gelegentliche Handarbeiten und indem sie den Fischern beim Entladen der Boote half, aufzubessern versuchte. Sie war eine kräftige Frau an die fünfzig. Im dichten schwarzen, nunmehr von langen grauen Strähnen durchzogenen Haar, in ihren vollen sinnlichen Lippen und großen tiefbraunen Augen war auch heute noch ihre einstige Schönheit zu ahnen, wenn diese auch von jener etwas groben Art war, wie sie attraktiven Frauen eigen ist, die früh ihr hübsches Gesicht und ihren wohlgeformten Körper als Vorzüge erkannten und – ohne innere Festigkeit der Begierde der Männer ausgesetzt, auch davon angelockt – sich nur durch eine gewisse Plumpheit und erzwungene Härte zu wehren vermochten. Ihr etwas schwerfälliger Leib – sie war groß und eine Spur stämmig – verstärkte diesen Eindruck, und da sie von Zeitschriften und Filmen, die sie gesehen hatte, sich angehalten fühlte, ihren Gebärden die übertriebene Anmut einer Schauspielerin überzustülpen, entstand ein befremdender Kontrast zwischen der Robustheit ihrer Natur und den Versuchen, ihr großes offenes Gesicht mit der kindlichen Süße, ihre kräftigen Glieder mit der zerbrechlichen Grazie eines Models auszustatten. Eines Tages war sie gekommen, um den Dottore Philosoph in einer Sache, die ihre staatliche Unterstützung betraf, zu befragen. Der Schriftsteller regelte das Problem schnell zu ihren Gunsten, und als Dank lud sie ihn zum Abendessen ein.

Joana hatte eine Tochter: Marija, ein sechzehnjähriges, im Unterschied zur Mutter eher zierliches Mädchen. Gleich bei der ersten Begegnung hatte der Schriftsteller das Mädchen liebgewonnen, und während er sein Verhältnis zu Joana, die fast an sein eigenes Alter heranreichte, pflegte, entwickelte sich zwischen Marija und ihm eine lebhafte, von Vater- und Tochtergefühlen geprägte Sympathie. Leichte Verliebtheit mochte dabei eine Rolle spielen, denn obgleich der Altersunterschied beträchtlich war, lernte das Mädchen in dem Schriftsteller einen Mann kennen, der sich in allem nicht nur von ihrem leiblichen Vater, sondern auch von allen übrigen Männern des Dorfes abhob. Nie hatte sie ihn jähzornig oder ungehalten gesehen, und in seinen Berichten und Erzählungen schöpfte er aus einem der Tochter eines Fischers unermesslich erscheinenden Wissensschatz.

Der Schriftsteller verharrte kurz und sah die Gasse hinab. In einem Hauseingang steckten zwei alte Frauen die Köpfe zusammen. Aus dem offenen Fenster hörte er es klappern, und er wusste, dass Marija das Geschirr vom Abendessen abwusch, während

Joana es sich auf dem Sofa bequem gemacht hatte, um fernzusehen. Als er eintrat, wandte sie kurz den Kopf. „Ah, Dottore Philosoph", nickte sie, „setz dich. Du kommst spät. Wir sind mit dem Essen fertig." Der Schriftsteller setzte sich auf einen Stuhl, Marija sah hinter dem Vorhang hervor und lächelte ihm zu. Obwohl der Schriftsteller schon seit mehreren Monaten regelmäßig zu ihr kam, hatte Joana ihn nie mit seinem Namen angesprochen. Auch im Bett nannte sie ihn nur, wie ihn alle Einheimischen nannten, nur manchmal verkürzt mit seinem früheren Titel „Philosoph", und nach dem Höhepunkt ihrer Lust, in Momenten der Zärtlichkeit, strich sie ihm über die Brust und flüsterte „Dottore, Dottore" in sein Ohr.

Sie waren beide erfahren genug, um sich darüber im Klaren zu sein, dass ihre Verbindung nicht viel mehr als eine Zweckgemeinschaft darstellte. Beide waren sie einsam, ihre Randstellung im Dorf hatte sie zusammengeführt. Außerdem spürten sie beide noch ein starkes geschlechtliches Verlangen, und so waren sie schon am ersten Abend, nachdem sie gegessen und Wein getrunken hatten, nachdem Marija zu Bett gegangen war, hemmungslos und gierig ineinander gestürzt. Das geschah in diesem Raum, auf dem Sofa, während der Fernseher lief. Selten übernachtete der Schriftsteller bei ihr, denn das Schlafzimmer im ersten Stock war nur durch einen Vorhang von der engen Kammer des Mädchens abgetrennt.

Marija sprach den Mann, der zu ihrer Mutter kam, überhaupt nicht an. Aber sie lauschte mit leuchtenden

Augen, wenn er von seiner Heimat und anderen Ländern berichtete, die er von Reisen kannte. Manchmal spazierte sie auch mit ihm an langen Nachmittagen durch die Zypressenwälder und Pinienhaine, an der schroffen Küste entlang oder kreuz und quer über die Hänge, an denen mit dunkelroten Trauben der Wein wuchs. Er erzählte ihr Geschichten, die er geschrieben hatte oder schreiben wollte. Manchmal lachte sie laut auf, manchmal auch stimmte sie das Gehörte so traurig, dass sie unwillkürlich nach der Hand des Mannes griff, und sie waren dann von weitem anzusehen wie ein Vater mit seiner Tochter oder auch wie ein etwas sonderbares Liebespaar. Und während Marija in dem älteren Mann sowohl einen Vater erblickte wie auch einem bisher nicht gekannten Menschenschlag begegnete, fühlte der Schriftsteller sich durch ihre Milde und Sanftheit, durch die Geschmeidigkeit ihrer Glieder und die Frische ihrer Haut an die Geliebten seiner Jugend erinnert. Hin und wieder ertappte er sich bei dem Gedanken, dass sein Leben, hätte er dieses Mädchen früher kennengelernt, eine völlig andere Richtung genommen hätte. In ihr schien die Frau zu reifen, nach der er sich unentwegt gesehnt und die er nie gefunden hatte.

Von den Dorfbewohnern wurde all das mit einer Mischung aus Missbilligung und Spott betrachtet. Wie über den Arzt machten die Männer ihre Witze auch über den Schriftsteller, von dem es hieß, dass er sich bei Tag mit der Tochter, bei Nacht mit der Mutter vergnüge. Und in ganz anderem Sinne, als sie es

22

meinten, traf diese Einschätzung auch zu. Denn es bereitete dem Schriftsteller ebenso sehr Vergnügen, mit Marija zusammen zu sein und in sich eine vollkommen reine Liebe für sie wachsen zu fühlen, wie es ihm mit der Zeit unentbehrlich wurde, sich in Joanas Armen dem Rausch der Sinnlichkeit zu überlassen. Was indessen niemand wusste, war, dass er der Witwe mit kleinen Zuwendungen aushalf. Und wenn auch sie nicht weniger als er die gemeinsamen Ausschweifungen genoss, so mochten diese Zahlungen doch der Grund dafür sein, dass sie die Gefühle des Mannes für ihre Tochter ignorierte und mit dem Gedanken rechtfertigte, dass Marija in dem Fremden einen Ersatz für ihren verstorbenen Vater gefunden habe. Auf diese Weise kam es dazu, dass der Schriftsteller – und darin lag etwas Obszönes – im Grunde für das ungestörte Zusammensein mit Marija, das zu nichts anderem als zu Gesprächen und weiten Spaziergängen genutzt wurde, sein Geld aufwandte. Es erinnerte ihn an alte Männer, die zu Prostituierten gingen, nur um mit ihnen zu sprechen, weil sie sonst niemanden hatten, der ihnen zuhören mochte.

Der Fernseher flimmerte und warf grau-schwarze Flecken über die Möbel. Joana hatte die Angewohnheit, den Ton abzudrehen, um allein die wechselnden Bilder zu verfolgen. Dazu legte sie sich lang auf das Sofa, einige Kissen im Nacken, rauchte Zigaretten und trank etwas dazu. Manchmal spielte gleichzeitig das Radio. Heute Abend aber hörte man nur das Geklapper von Geschirr aus der Kochecke und die

Laute, mit denen Joana den Ablauf der Bilder beglei-
tete. Von draußen durch das geöffnete Fenster drang
das Gebell eines Hundes. Joana gluckste. „Nimm dir
Wein", sagte sie, ohne den Besucher anzusehen. Er
goss sich ein und trank einen Schluck. Marija war mit
dem Abwasch fertig. Sie band die Schürze ab, blieb
eine Zeitlang unschlüssig stehen und sah auf den
Bildschirm. Schließlich wünschte sie eine gute Nacht,
ging hinaus und stieg die schmale Stiege hinauf in
den ersten Stock. Man hörte sie einige Male hin- und
hergehen. Dann war es still. Der Hund bellte nicht
mehr, nur der Atem des ungleichen, rauchenden und
trinkenden Paares war zu hören. Manchmal fuhr ein
Ächzen durch das Gehäuse des Fernsehapparats.

„Marija schläft", sagte Joana. Der Schriftsteller
nickte. „Ja. – Es ist spät", erwiderte er. Sie tranken
noch etwas Wein. „Dottore ... Du trinkst viel", sagte
sie und reckte sich in den Kissen. Er zuckte mit den
Achseln. Dann rückte er seinen Stuhl neben das Sofa.
In der rechten Hand die Zigarette, ließ er die linke in
den Ausschnitt des Morgenrockes gleiten, der die
Frau bedeckte. Er legte seine Hand leicht auf ihre
Brust, sein Daumen malte kleine Kreise. Joana lächelte, ein wenig hob sie ihre Brust dem Mann entgegen, so dass der Stoff spannte und im Ausschnitt weiter auseinanderglitt. Trotz vieler Falten, die ihre Haut
durchzogen, war ihre Brust straff geblieben, die tägli-
che Bewegung durchblutete ihre Glieder, nur an den
Beinen traten ein paar Adern bläulich hervor. Nach
einer Weile wechselte der Schriftsteller zur anderen

24

Brust hinüber. Dabei schob er die Falten des Morgenrocks beiseite, so dass Joanas Busen offen vor ihm lag. Ihr Atem ging tiefer, und die Brust hob und senkte sich. Immer wieder war der Mann überrascht, wie leicht erregbar sie war. Er setzte sich auf den Rand des Sofas und beugte sich hinab, um ihre Brüste zu küssen. Joana schloss die Augen, sie zog die Kissen aus ihrem Nacken und lehnte sich zurück. Mit einer Hand kraulte sie dem Mann den Hinterkopf. Auf dem Bildschirm war nur noch ein schneeiges Flackern zu sehen.

Marija schlief nicht. Sie hatte nur eine ungenaue Vorstellung von dem, was im Zimmer unter ihr geschah. Lachen stieß durch den Fußboden, das Klirren von Gläsern. Die Stimmen ihrer Mutter und des Schriftstellers klangen wie verstellt, dumpfer, aber auch fordernder, gröber, als sie es gewohnt war. Sie hörte sie keuchen und stöhnen. Irgendwann stieß ihre Mutter einen Schrei aus, als füge ihr jemand großen Schmerz zu. Als Marija das zum ersten Mal hörte, sprang sie entsetzt aus dem Bett. Auch jetzt fuhr sie wieder zusammen, als hätte man ihr einen Schlag versetzt. Aber der Schrei ging über in ein spitzes rhythmisches Kreischen, und wenn sie auch nicht verstand, was es bedeutete, so begriff sie doch, dass es so sein musste, dass es zu dem, was dort unten geschah, irgendwie dazugehörte. Wenig später vernahm sie das kehlige Stöhnen des Mannes, ein stumpf und hohl klingendes „Hoh, hoh, hoh ...“

Es fiel Marija nicht schwer, das Kreischen mit ihrer Mutter, wie sie sie kannte, in Verbindung zu bringen. Dass aber der Mann dort unten, dessen tierisches Hecheln sie nun deutlich hörte, derselbe Dottore Philosoph sein sollte, der nachmittags mit ihr durch die Umgebung gestreift war, der mit eindringlicher, doch sanfter Stimme zu ihr gesprochen hatte, schien ihr unbegreiflich. Sie neigte dazu zu glauben, Joana, wie sie ihre Mutter im Stillen nannte, müsse ihn verhext haben, und bisweilen stieg in ihr der märchenhafte Gedanke auf, sie sei berufen, ihn aus dem Bann dieser Frau zu befreien.

Noch bevor das beängstigende Treiben der beiden zur Ruhe kam, fiel Marija in Schlaf. Sie spürte das dünne Nachthemd auf ihren zarten Brüsten, und warme Wellen durchströmten ihren Unterleib. Im Halbschlaf, lichtvolle Bilder vor Augen, zupfte sie verwirrt an den weichen Haaren, die seit einiger Zeit ihr Geschlecht umhüllten. Am nächsten Tag jedoch hatte sie alles wieder vergessen.

3

In der Hauptstadt regnete es. Graue Wolken hingen über den Häusern, und auf den Straßen stand das Wasser in großen Lachen. Behäbig und etwas umständlich überquerte der Arzt die vielbefahrene Allee, von der Seite, an der das Taxi ihn abgesetzt hatte, hinüber auf ein modernes, mehrgeschossiges Haus zu. Er hatte eine Ausgrabungsstätte in der Nähe der Hauptstadt aufgesucht, um dort Bestätigungen für seine Annahme zu finden, dass schon viel früher, als man bislang glaubte, in diesem Raum sich Menschen angesiedelt hatten. Auf diese früheren Bewohner gab es nur indirekte Hinweise, und obwohl die Theorie des Arztes in sich plausibel und durch zahlreiche Befunde gestützt erschien, gab es doch bisher keinen eindeutigen Beweis für ihre Richtigkeit. Der Arzt war den Historikern des Landes nicht unbekannt. Man schätzte ihn, und seine Theorie wurde öffentlich diskutiert. Er genoss Respekt, wenn auch durchsetzt mit Herablassung und heimlichem Neid, womit routinierte Akademiker einem leidenschaftlichen Dilettanten bisweilen begegnen. Unter diesen Fachleuten hatte der Arzt Christina kennengelernt. Christina, knapp über vierzig, Dozentin an der Universität, hegte eine unstillbare Begeisterung für alles Fremdländische. Ihre Spezialgebiete lagen in der Nordistik und in der Ägyptologie. Nicht zuletzt der Umstand, dass er ein Ausländer war, hatte ihr an dem Arzt so gut gefallen, dass sie sich auf ein Verhältnis mit dem Mann einließ, der so alt war, dass er ihr Vater hätte sein können. In ihren historischen Untersuchungen kamen sie einander nicht ins Gehege, wenn sie auch häufig über Grundsätzliches stritten. Christina vertrat die Auffassung, in der Geschichtswissenschaft dürfe man sich ausschließlich auf Fakten stützen, wohingegen die Theorie des Arztes ganz auf

Schlussfolgerungen basierte. Was aber so unvereinbar schien, war nur eine sinnvolle Ergänzung, denn der Arzt wusste genau, dass im Fehlen von Fakten der schwache Punkt seiner Annahmen lag. Christina ihrerseits konnte sich der Folgerichtigkeit seiner Schlüsse und ihrer Überzeugungskraft letztlich nicht verschließen.

Christina war früh verheiratet worden, hatte sich scheiden lassen und lebte nun allein. Ihr Sohn Tomas studierte seit kurzem im Ausland. Hatte er auch bis zur Abreise bei seiner Mutter gewohnt, hing er doch sehr an seinem Vater. Dem Arzt, dem er einmal begegnet war, mochte er vom ersten Augenblick an keine Sympathie entgegenbringen. Ein reifer Mann, ein Akademiker, der sich freiwillig in der Blüte seines Lebens aus der Gesellschaft zurückzog, um in einem abgelegenen Dorf seinen Beruf auszuüben und einem sich langsam entwickelnden Interesse an verfallenen, leblosen Gegenständen nachzugehen, konnte in den Augen des jungen Mannes kein Verständnis finden. Tomas vermutete äußere, skandalöse Gründe dafür, dass der Mann seine Heimat verlassen, eine vermutlich glänzende Karriere geopfert und sich an der Küste niedergelassen hatte. Diese Skepsis dem Arzt gegenüber war unbezwingbar, obwohl Tomas nie etwas Nachteiliges über ihn zu hören bekam. Der Arzt war bemüht, jede weitere Begegnung mit Tomas zu vermeiden.

Da Christinas Beruf sie häufig außer Landes führte und der Arzt auch in seiner bescheidenen Praxis

Verpflichtungen gegenüber den Patienten nachkommen musste, sahen sie einander nur selten. Der Arzt hatte sich ausdrücklich verbeten, dass Christina ihn besuchte. Er fürchtete, sein ruhiges Dasein könnte sich schlagartig ändern, wenn erst einmal eine Frau, die nicht als Patientin kam, sein Haus betreten, darin übernachtet hätte. Auch wusste er, dass die Leute im Dorf darüber redeten. Sie würden das Gerücht in Umlauf bringen, er plane fortzugehen – bis das Misstrauen so weit gewachsen wäre, dass ihm gar nichts anderes übrigbliebe, als den Ort zu verlassen. Für Christina, obwohl sie anfänglich empört gewesen war, lag darin eine nützliche Bequemlichkeit. Jeder lebte sein eigenes Leben, nur wenn sie beide den Wunsch verspürten und es sich einrichten ließ, kamen sie für kurze Zeit zusammen und frischten ihr Verhältnis wieder auf. Diesmal hatten sie kaum einen Tag und eine Nacht miteinander, denn Christina sollte schon gegen Mittag des folgenden Tages mit einer Gruppe Studierender zu einer Exkursion aufbrechen.

In langen Jahren an die unregelmäßigen Stufen der zahlreichen Gassen des Küstenorts gewöhnt, geriet der Arzt nun auf der Treppe des erst wenige Jahre alten Wohnhauses ins Stolpern. Es schien ihm, als verlangte schon ein solches Treppenhaus eine völlig andere Lebensweise, als er sich angeeignet hatte. Sein Stolpern war symptomatisch, er betrachtete es als Ausdruck seiner Unfähigkeit, sich in derart geordneten Verhältnissen je wieder zurechtzufinden.

Christina empfing ihn mit einem Kuss auf die Wange. Sie war eine hagere, trainiert aussehende Frau mit kurzem blondem Haar und einer spitzen, auch im Winter von Sommersprossen besprenkelten Nase, die den von Nüchternheit und Strenge beherrschten Ausdruck ihres Gesichtes entschärfte. Sie führte den Arzt ins Wohnzimmer. „Setz dich", sagte sie. „Ich bringe dir etwas zu trinken. Magst du Orangensaft?"

Der Arzt stellte seine Tasche ab und trat ans Fenster, um hinaus in den Regen, hinunter auf die Straße zu sehen. Christina wusste, dass er bei der Ankunft gern ein Glas Orangensaft trank. Dass er nicht antwortete, bedeutete nichts, sie hatte nicht wirklich eine Antwort erwartet. Kurz darauf kam sie mit einem großen Glas Saft, in dem kleine Eisstücke schwammen. „Hat sich die Reise gelohnt?" fragte sie und reichte ihm das Glas. Sie wartete gar nicht erst ab, ob er etwas sagte, sondern fügte gleich hinzu: „Ich muss einige Papiere zusammenlegen, für die Reise morgen, es dauert nicht lange."

Der Arzt nickte. Er kannte diese Geschäftigkeit, die sie umhertrieb, wenn er zu ihr kam. Jedes Mal versuchte sie, so ihre Freude über sein Erscheinen zu überspielen. Sie produzierte eine Distanz, die gleichermaßen sie selbst wie auch den Mann davon überzeugen sollte, dass sie nicht auf ihn gewartet habe.

„Wir haben uns lange nicht gesehen", sagte der Arzt. Er sprach zum Fenster hinaus. Christina antwortete nicht. Erst nach einer Weile hörte er sie schimpfen, an was man alles denken müsse vor einer solchen Studienfahrt, als sei sie nur mit sich und ihren Angelegenheiten beschäftigt. Anfangs hatte der Arzt die übertriebene Selbständigkeit, die Fremdheit, mit der sie ihn empfing – als sei er irgendein Besucher, der zufällig vorbeigekommen war –, mit Bestürzung aufgenommen und versucht, ihre Abwehrhaltung zu durchbrechen. Er hatte sie bei den Schultern gefasst und ihr ein Gespräch aufgezwungen. Ob etwas nicht in Ordnung sei, hatte er sie gefragt, ob sich zwischen ihnen etwas geändert habe. Dann aber bemerkte er, dass auch ohne sein Zutun die Kälte aufbrach, dass er sich mit einem Mal, ohne dass sich an ihrem Verhalten viel geändert hatte, ihr nahe fühlte und sie nun miteinander umgingen, wie es Paare taten, die tagein, tagaus zusammenlebten. „Vielleicht", dachte er, „ist es für sie die beste Möglichkeit, die Tatsache, dass ich eine Abhängigkeit nicht akzeptieren würde, zu ertragen, dass sie von sich aus ihre Unabhängigkeit verteidigt."

Auch er benötigte eine Weile, um anzukommen. Wahrscheinlich stand er mit seiner speckigen Ledertasche, in seinem altmodischen Regenmantel jedes Mal vor ihrer Tür wie ein Landreisender, im Auge noch das Flackern vom Vorüberziehen der Landschaft am schmutzigen Abteilfenster. „Wohin geht die Reise?" fragte er, mehr für sich selbst. Und obwohl er überhaupt nicht dieser Ansicht war, stellte sich ihm gleich die Antwort ein, die sich ihm stets auf diese Frage eingab: „Immer nach Hause." So schien der Regen zu sprechen, der in langgezogenen Streifen auf die Scheibe spritzte und mit dicken Tropfen auf den nassen Asphalt klatschte. Die düsteren Wolken, die träge und schwer über die Stadt hinwegzogen, schienen so zu sprechen, und auf banale Weise sagten die Autos, die unten durch die tiefen Pfützen rollten, dasselbe.

Plötzlich stob Christina ins Zimmer. „Was stehst du da immer noch rum?" rief sie. „Setz dich doch, und zieh endlich diesen scheußlichen Mantel aus!" Ein wenig unbeholfen, unentschieden zwischen Ärger und Spott, half sie ihm aus dem Überzieher und drängte den Arzt mit kleinen Stößen vor den Bauch rückwärts zum Sessel. Lachend ließ er sich fallen, die Phase der Annäherung hatte begonnen.

Das Verhältnis zwischen dem Arzt und Christina war von völlig anderer Natur als das zwischen Joana und dem Schriftsteller. Jene entbehrten völlig der leidenschaftlichen Sinnlichkeit, die diese aneinanderband. Es kam häufig vor, dass der Arzt Christina besuchte, ohne dass sie miteinander schliefen. Dennoch war es undenkbar, dass sie auf Körperkontakt verzichteten. Stets war ihre Beziehung – nach Wochen, manchmal Monaten der Trennung – darauf angewiesen, sich durch Berührungen, harmlose Balgereien, durch verspieltes Streicheln und warme Umarmungen wieder herzustellen.

Christina hatte den nassen Mantel hinausgebracht und setzte sich nun dem Mann gegenüber auf die Couch. Sie sagte nichts, aber sie betrachtete ihn aus offenen Augen, um die Lippen spielte ein Lächeln. Der Arzt nippte an seinem Glas. Ruhig erwiderte er den Blick. Dann stellte er das Glas ab und schob seine Hand mit der geöffneten Innenfläche nach oben in die Mitte des Tisches. Christinas Lächeln kräftigte sich, breitete sich aus über das ganze Gesicht. Sie legte ihre Hand in seine und sagte: „Schön, dass du da bist", wobei sich ihre Züge leicht verkrampften und die Finger, die sich um seine Hand geschlossen hatten, zuckten.

Ausführlich erzählte sie nun von der bevorstehenden Reise, von den Studierenden, die sie begleiteten, von kleinen Querelen, wie ihre Arbeit sie mit sich brachte. Auch der Arzt berichtete, wie es ihm seit ihrem letzten Treffen ergangen war. Im Dorf allerdings hatte sich nicht allzu viel ereignet, so konzentrierte er sich darauf, von seinen Forschungen, vor allem von dem hinter ihm liegenden Besuch der Ausgrabungsstelle und ihrer Bedeutung für seine Theorie zu erzählen.

Christina lachte: „Bei deinen wackligen Behauptungen kannst du es schon als Erfolg verbuchen, wenn sie nicht durch eine Ausgrabung eindeutig widerlegt werden. Darauf zielst du doch: nicht auf den Beweis ihrer Wahrheit, sondern auf die Verhinderung des Beweises ihrer Ungültigkeit ..." – „Du Positivistenseele", schimpfte der Arzt. „Ihr Historiker seid wie Bauern, die einen Acker umpflügen und dabei ab und zu eine Scherbe finden. Ihr kennt keine Logik und versteht absolut nichts. Das Einzige, was ihr gelernt

habt, ist, mit einer Schaufel umzugehen!" – „Wir haben wenigstens etwas gelernt", gab Christina zurück.
– „Oh, wenn ich als Arzt so mit einem Menschen umginge wie ihr mit der Geschichte, dann wäre ich kein
Arzt, sondern ein Henker!" – „Wenn du kein Henker
wärest, sondern ein Arzt, hättest du dich wohl kaum
in ein so finsteres Nest zurückgezogen, in dem die alten Leute noch an Zauberkünste glauben und du
deine Scharlatanerien ungestört betreiben kannst!"

Christina kicherte vor Vergnügen. Der Arzt rückte
zu ihr auf die Couch, sie sahen einander an. Er fuhr
ihr mit einem Finger über die Wangen. Christinas Augen lachten. „Mmh, du ...", sagte sie. Durchs Fenster
sah man eine Verkehrsmaschine klein und lautlos in
den Himmel steigen. Sie flog in großem Bogen über
die Stadt, ein metallener Fleck vor dem schmutzigen
Horizont, der schließlich eintauchte in die dunklen
Wolken und aus dem Blick entschwand.

4

Als der Arzt am Abend des nächsten Tages aus dem
Bus stieg, spürte er sofort, dass etwas geschehen war.
Die Atmosphäre über dem Dorf hatte etwas Abweisendes, Kantiges angenommen. Vom Zusammensein
mit Christina weich und feinsinnig gestimmt, schien
es ihm, als schneide er sich an dem Schweigen, in das
er unvermutet eingetreten war. Die Straße lag leer in

der Dämmerung. Sie glänzte feucht, auch hier musste es tagsüber geregnet haben. Er glaubte, an einem Fenster gegenüber eine Bewegung zu bemerken, doch im Zwielicht, inmitten der alle Wirklichkeit, alle Nähe und Ferne aufhebenden Schatten mochte er sich getäuscht haben. Für einen Moment war der Arzt stehengeblieben, hatte mit Befremden die Stille wahrgenommen und seinen Blick über die entblätterten stummen Fassaden gleiten lassen. Er fragte sich, ob nicht das Dorf schon immer so gewesen sei und er es bisher nur nicht bemerkt habe. Aber er wusste nicht, was in ihm eine solche Veränderung der Wahrnehmung bewirkt haben könnte. Den Griff seiner Tasche fester fassend, überquerte er die Straße, um im Schutz der Häuserwände – ein kühler Abendwind wehte vom Land hinaus aufs Meer – die Straße entlang bis zum Ortsrand zu gehen, wo als eines der letzten Häuser seine Villa stand.

Schlug nicht hinter ihm ein Fensterladen? Er wandte sich um, aber nichts regte sich mehr. Eine Gasse hinaufblickend, sah er eine Gruppe junger Männer zusammenstehen, die sich lebhaft unterhielten. Bei seinem Auftauchen verstummten sie, und erst als er weiterging, hob ihr Gespräch wieder an: als leises graues Raunen, das eher von der Dämmerung, von den Schatten, vom Wind, vom Abend herzurühren schien als von menschlichen Stimmen.

Er war fast zu Hause angelangt, da bog aus einer Seitenstraße eine ganz in schwarzes Tuch gehüllte Frau und kam ihm entgegen. Der Arzt erkannte sie.

Unmittelbar vor seiner Abreise hatte er ihrem Mann, der mit einer Lungenkrankheit niederlag, einen Besuch abgestattet. Er blieb stehen und sprach sie an. Er wollte fragen, wie es ihrem Mann inzwischen gehe, die Frau aber, ohne den Kopf zu heben, murmelte nur kurz „Guten Abend" und ging an ihm vorüber. Noch völlig verblüfft die letzten Schritte zurücklegend, fuhr der Arzt plötzlich herum. Eine giftige, scharf zischende Stimme war an sein Ohr gedrungen. Ein einziges Wort stieß sie hervor: „Ausländer!"

Die Straße lag unverändert leer und grau da, es war noch dunkler geworden. Vereinzelte Regentropfen trafen sein Gesicht. Kein Mensch war zu sehen. Der Arzt stand wie erstarrt. Er versuchte, die Dämmerung zu durchdringen, aber auch wenn sich dort jemand verborgen hätte, wäre es dem Arzt nicht gelungen, ihn zu entdecken. Eisige Kälte stieg in ihm auf. Mit einmal spürte er, dass dieses Dorf und seine Bewohner, geradeso wie sie ihm Einlass gewährt und ihn aufgenommen hatten, sich gegen ihn stellen, zu einer undurchdringlichen schwarzgrauen Wand zusammengefügt, ihn ausschließen konnten. Furcht überkam ihn. Er sah sich dastehen, auf der Straße, nur wenige Meter von seiner Villa entfernt, der einzige Mensch, während alles übrige, die einbrechende Finsternis und die ineinanderfließenden Schatten, die Straßen und Steine und Häuser, die Tiere, die Kinder, die Frauen und Männer, sich um ihn herum zusammenballte zu einer einzigen gewaltigen Macht: dem Dorf, das sich dem Eindringling versperrt, der Welt, die den Fremden verbannt. Da schlug ein Hund an. Auch sein Geheul fand noch Einlass in die Vision des stumm verharrenden Mannes, doch es rüttelte ihn auch wach. Abrupt riss er sich los. „Wohin geht die Reise?" flüsterte er, während er die Hand auf die Gartenpforte legte und die Stufen zum Eingang seines Hauses hinaufschritt.

Seine Haushälterin erwartete ihn. Sie war eine alte, verständige Frau, die angab, seine Mutter gekannt zu haben, als sie noch ein Kind war. In gleichem Maße, wie der Arzt sich mit den Jahren im Dorf eingelebt hatte, wie er bemüht war, von den Einheimischen als ihresgleichen angesehen zu werden, hatte diese Frau sich davon entfernt. Was außerhalb der Villa geschah, interessierte sie nicht mehr, ihre Welt bestand nurmehr in diesen Räumen, in deren Atmosphäre Gelehrtheit und Ferne schwebten, die ihr das Gefühl vermittelten, in gehobene Kreise aufgestiegen zu sein, in eine Welt außerhalb und über dem eintönigen Leben der Fischer und Bauern, unter denen sie aufgewachsen war.

Aus dem Besucherzimmer im ersten Stock drangen Schritte. „Haben wir Besuch, Sofia?" fragte der Arzt. Er streifte den Mantel ab und rieb sich die feuchtkalten Hände. „Der Dottore Philosoph ist oben", erwiderte die Frau. „Nanu?" Der Arzt wollte eben die ersten Stufen der Treppe hinaufeilen, als Sofia ihn zurückhielt. Sie zog ihn, was er widerstrebend geschehen ließ, am Hemdsärmel in die Küche, nötigte ihn auf einen Stuhl und setzte ihm eine Tasse mit dampfendem Kaffee vor.

Der Arzt brummte: „Sofia, was soll denn das? – Kaffee, um diese Zeit ..." – „Trinken Sie!" forderte die Haushälterin mit fester Stimme. „Trinken Sie, Sie werden ihn brauchen. Und hören Sie mir ein paar Minuten zu, es ist etwas geschehen, etwas Furchtbares ..."

Es klang, als müsste sie die Ereignisse mühsam von draußen hereinziehen, als gelänge es ihr nur schwer, den Dingen, die sich ereignet hatten, das Gewicht der Wirklichkeit zu verleihen. Während sie berichtete, lag in ihrer Stimme ein Unterton von Zweifel, der jedoch nicht die Wahrheit ihres Berichtes anging, vielmehr in Frage zu stellen schien, dass die Vorgänge, die sie mitzuteilen hatte, tatsächlich von Bedeutung sein könnten. Daher klang es, als sie von etwas Furchtbarem sprach, so, als wollte sie hinzufügen: sofern etwas, das außerhalb dieses Hauses geschieht, überhaupt wirklich furchtbar sein kann.

Ein frostiger Schreck war dem Arzt durch den Leib gefahren. Er dachte an seinen Weg durch das abweisend schweigende Dorf, an die Furcht, die ihn befallen hatte. Für einen kurzen Moment überkam ihn die Vorstellung, diese eisige Beklemmung habe sich so eng um sein Haus geschnürt, dass es unmöglich sei, es jemals wieder zu verlassen. Mit beiden Händen umklammerte er die heiße Tasse. „Nun erzählen Sie schon!" rief er ungeduldig.

Die Haushälterin blieb ihm gegenüber stehen, mit den Fingerspitzen auf die Tischkante gestützt:

„Gestern, spät in der Nacht, haben sie Rosa gefunden, die Tochter des Bürgermeisters ... Sie, sie ist misshandelt worden. Es geht ihr schlecht, sie lassen niemanden zu ihr ...“

Der Arzt kannte das Mädchen. Es war eben siebzehn geworden, und ihr Vater plante, sie demnächst zu verheiraten, aber das Mädchen sträubte sich. Und da der Bürgermeister nur eine Tochter hatte, verschob er die Hochzeit ein ums andre Mal, obwohl er seinem Nachbarn, dem nach ihm vermögendsten Mann am Ort, die Hand darauf gegeben hatte, dass er Rosa mit dessen Sohn Tomo verheiraten wollte.

„Weiß man, wer ...?“ Sinnend starrte der Arzt auf den Tisch. Es war ihm, als wüsste er die Antwort, als erwartete er, alle Ruhe, die er in den zurückliegenden Jahren genossen hatte, mit einem Schlag vernichtet und im Nachhinein als Trug entlarvt zu sehen.

„Tomo ist es gewesen“, sagte die Haushälterin. „Ich glaube, alle wissen es, aber –“ Mit einem Ruck fuhr der Arzt von seinem Stuhl auf. „Sofia, meine Tasche!“ rief er. „Ich muss das Mädchen sofort sehen!“ – „Aber“, Sofia stockte, „der Dottore Philosoph ...“ Ihn hatte der Arzt völlig vergessen. Scharf sah er der Frau in die Augen. „Was ist mit ihm?“ fragte er leise. Die Haushälterin hielt seinem Blick ruhig stand: „Zuerst haben alle geglaubt, Tomo sei es gewesen. Auch wenn es keiner gesagt hat, geglaubt haben es alle. Aber heute Mittag, als die Polizei im Dorf war, da kam plötzlich Rosas Bruder Matteo gelaufen und schrie: ‚Der Philosoph ist es gewesen, der Ausländer,

der Philosoph hat es getan!' Und zum Beweis brachte er das Notizbuch des Dottore Philosoph mit. Er behauptete, er habe es in einem Gebüsch gefunden, dort, wo man seiner Schwester das angetan hat ..."

„Unmöglich", murmelte der Arzt. Er setzte sich wieder, und Sofia goss ihm noch eine Tasse Kaffee ein. „Tomo hat es getan", bekräftigte sie ihre Behauptung, „und ich glaube, alle wissen es, aber sie wollen nicht, dass es einer aus dem Dorf war, sie wollen, dass der Dottore Philosoph es gewesen ist, es ist ihnen lieber so ..." – „Was hat die Polizei unternommen?" – „Oh!" Die Frau machte eine wegwerfende Geste. „Der Kommissar ist mit Matteo an die Stelle gegangen, wo sie Rosa gefunden haben. Ihre Brüder haben sie gefunden. Da hingen überall Fetzen von ihrem blauen Kleid in den Dornen, und das Gras war voll Blut. Matteo hat dem Kommissar gezeigt, wo das Notizbuch gelegen hat. ,In der Nacht', hat er gesagt, ,haben wir es nicht bemerkt, es war dunkel, und wir mussten uns um unsere Schwester kümmern, aber heute Morgen bin ich wieder hierhergegangen, und da habe ich es gefunden. Dort unter dem Busch hat es gelegen.' – Das sagt Matteo. Aber am Morgen war das Gras feucht, das Notizbuch aber war trocken und sah nicht so aus, als hätte es die ganze Nacht draußen gelegen ... Die Polizisten sind am Nachmittag wieder gefahren. Sie haben auch mit dem Dottore Philosoph gesprochen, aber der Kommissar glaubt auch nicht, dass er es getan hat ..."

Die Haushälterin sah über den Arzt hinweg zur

Tür. Der Schriftsteller lehnte im Rahmen, das Haar zerzaust, im Blick etwas Fiebriges. Er sah jetzt so aus, dass man ihm die Tat zutrauen konnte. Nachdem die Polizisten abgefahren waren, hatten sich die Männer des Dorfes zusammengetan und ihn aus seinem Haus vertrieben. Bis hierher, bis zur Villa des Arztes waren sie ihm gefolgt, hatten ihn beschimpft und mit Kot und Steinen beworfen. Den ganzen Abend waren Schatten ums Haus geschlichen. So eingesperrt, fühlte der Schriftsteller sich wie verstoßen. Er begriff, dass er geopfert werden sollte, dass man ihn für entbehrlich hielt. Die Einsamkeit, die innere Isolation, die auch der Arzt und Joana nicht hatten durchbrechen können, war wohltuend gewesen, solange ihn die anderen in Ruhe ließen. Nun, da er angegriffen wurde, entpuppte sie sich als Falle. „Es reicht ihm nicht, dass er zwei Frauen zu Huren gemacht hat, die eine noch ein Kind so wie meine Schwester", hatte Matteo, der den Haufen anführte, geschrien. „Nein, das reicht ihm nicht, er will unsere Frauen und Schwestern zu Huren machen, unsere Kinder misshandeln, das ganze Dorf will er in ein stinkendes Bordell verwandeln!" Und „Ausländerschwein, Hurensohn, Pestbeule, Kinderschänder!" hatte man ihm nachgerufen.

Durch die Gasse hinab, auf der Straße zur Villa des Arztes fliehend, hatte der Schriftsteller an Marija gedacht, sich gefragt, ob sie wohl glauben würde, was man über ihn sagte. Sie habe Glück gehabt, er hätte auch sie vergewaltigt, wenn sich die Gelegenheit ergeben hätte, das würden die Leute ihr einreden, wenn er erst fort wäre.

Der Arzt drehte sich um und musterte den Schriftsteller mit einem Blick. Verwundet, gehetzt wirkte er. Seine Wange schmiegte sich an das Holz des Türrahmens, als hätte sie keine andere Zärtlichkeit mehr zu erwarten. Ganz tief in sich, in nur halbbewussten Gedanken, verspürte der Mann eine Ahnung, dass dem, was ihm geschah, eine unverständliche Folgerichtigkeit, ein Anflug von Berechtigung innewohnte. Aber er wusste genau, dass dieses sogar ein wenig befreiend wirkende Gefühl – so, als träfe lang Befürchtetes endlich ein – und der Pöbel, der ihn verfolgte, mitsamt dem Verbrechen, dessen man ihn beschuldigte, miteinander nichts zu tun hatten, dass sie in ganz verschiedenen Realitäten lagen.

So als antwortete er unmittelbar auf die Ausführungen der Haushälterin, sagte der Arzt: „Matteo ist ein übler Kerl. Er macht seiner Familie viel Kummer. Er arbeitet nicht, er trinkt viel und treibt sich mit Taugenichtsen herum. Tomo ist sein Freund. Im Frühjahr sind sie von der Polizei aufgegriffen worden: Sie haben sich in der Stadt betrunken, auf den Straßen krakeelt und harmlose Passanten angepöbelt. Dabei ist es zu einer Schlägerei gekommen, Matteo soll zum Messer gegriffen haben ..." Er stand auf und legte dem Schriftsteller die Hand auf die Schulter: „Ich gehe mir das Mädchen ansehen. Sie bleiben vorläufig hier, morgen wollen wir in Ruhe über alles sprechen." Dabei spürte er, dass seine Hand den anderen gar nicht erreichte. Feucht glänzend drang der Blick des

Schriftstellers durch ihn hindurch ins Leere.

5

Pedro, der Bürgermeister, war ein feister und selbstgefälliger, im Grunde gutmütiger Mensch. Man hatte ihn zum Bürgermeister gemacht, weil er als reich galt und weil man glaubte, es trage zum Ansehen des Ortes bei, wenn ein vermögender Mann ihm vorstehe. Tatsächlich gehörte ihm das größte Gut der näheren Umgebung. Seit vielen Jahren im Amt, hatte Pedro sich daran gewöhnt, zwischen eigenen Angelegenheiten und solchen, die das Dorf betrafen, nicht mehr zu unterscheiden und, ohne dass er es sich oder anderen je hätte eingestehen müssen, die ganze Ortschaft als zu seinem Besitz gehörig zu betrachten. Dass er die Einwohner sich selbst überließ, sich nicht in ihre privaten und geschäftlichen Interessen einmischte, erfüllte ihn mit dem Stolz, ein überaus liberaler, großzügiger Herr zu sein, und auf dem Wohlbehagen, das er deshalb genoss, auf dieser Selbstzufriedenheit gründete zu einem Großteil sein gutmütiges und versöhnliches Wesen. Zum anderen hatte der frühzeitige Tod seiner Frau dazu beigetragen, den Übermut des in seiner Jugend eher draufgängerischen Mannes zu bezwingen. Der anfangs unüberwindbar scheinende Schmerz war allmählich einer Sanftmut des Umgangs gewichen, die beständig auszudrücken schien, dass die kleinen Streitigkeiten, über die man sich gewöhnlich ereiferte, den Atem nicht wert seien, dass – da ohnehin alles dem Vergehen anheimgestellt sei – man über das meiste gelassen hinweggehen könne. „Mit jedem Atemzug", pflegte er zu sagen, „kommen wir dem Tod ein Stückchen näher. Ihr glaubt, das Leben sei lang, ja unbegrenzt, ihr ahnt ja nicht, wie kurz das Leben ist. Und am Ende muss man sich schämen, mit was für unnützen Dingen man es vergeudet hat."

Mit dieser Nachsichtigkeit hatte sich eine bis dahin bei ihm nicht zu beobachtende Trägheit und Nachlässigkeit in sein Verhalten eingeschlichen. Er setzte Fett an, und fortan blickten seine traurig-freundlichen Augen über speckige Wangen hinweg, glänzten feucht und winzig in ihren Höhlen, dass man fürchten musste, die schweren Brauen und die wulstigen Tränensäcke könnten sie eines Tages völlig bedecken.

Seine Frau war kurz nach der Geburt ihrer Tochter Rosa gestorben. Rosa hatte zwei Brüder: Matteo, der sechs Jahre älter war als sie, und den nach seinem Vater benannten Pedro, der nun zwanzig Jahre zählte. Die Nachlässigkeit des Bürgermeisters wirkte sich vor allem auf die Erziehung seiner Kinder aus. Während er von Anfang an die Tochter mit besonderer Aufmerksamkeit verwöhnte, kam es vor, dass er sich um die Söhne wochenlang nicht kümmerte. Besonders der jüngere wurde von ihm kaum beachtet, wogegen Matteo von Zeit zu Zeit Opfer unangemessener Strenge wurde, mit der der Alte Versäumtes nachzuholen glaubte und sich selbst nicht weniger als den

Sohn zu bestrafen gedachte. Rosa und Matteo traten auf je eigene Weise in eine Art Kampf gegen den Vater ein. Rosa vermochte es leicht, ihn zu umgarnen und seinen Willen nach ihren Wünschen zu lenken, Matteo zeigte schon als Kind offene Aufsässigkeit, reagierte auf die ungerechte Behandlung, die ihm widerfuhr, mit Heimtücke und entwickelte sich zu einem jähzornigen, gewalttätigen jungen Mann. Zwischen den beiden wuchs Pedro nahezu unbemerkt heran. Wie selbstverständlich übernahm er Arbeiten auf dem Gut, und ohne besondere Begabungen zu zeigen, gab sein Verhalten auch niemals Anlass zur Beschwerde. Von seinen Geschwistern hielt er sich fern, sie wiederum legten ihm gegenüber nur Spott an den Tag, obwohl sie ihn im Stillen beneideten um seine ruhige, bescheidene Art, aus der zwar Beschränktheit sprach, die aber auch eine Ausgeglichenheit verriet, wie sie Rosa und Matteo vollkommen fremd war. Diese hegten füreinander nichts als Feindseligkeit und Misstrauen. Rosa fürchtete die aufbrausende Rücksichtslosigkeit des Älteren, bei dem sich einzuschmeicheln ihr nicht gelang. Matteo nährte Eifersucht gegen sie und gab ihr die Schuld am frühen Tod seiner Mutter. Dafür machte er im Übrigen auch den Arzt verantwortlich. Hatte er als kleiner Junge nicht verstehen können, dass es im Dorf jemanden gab, an den sogar sein Vater sich hin und wieder um Hilfe wenden musste, so besiegelte die Ohnmacht des Arztes am Sterbebett seiner Mutter endgültig seinen Hass, einen Hass, der nie zum Ausbruch gelangte, aber auch niemals getilgt worden war.

Mit noch schärferer Missbilligung als die Anwesenheit des Arztes hatte Matteo die Ankunft und das Verbleiben des Schriftstellers beobachtet. Hierbei spielte Neid eine große Rolle, denn ohne einer sichtbaren Tätigkeit nachzugehen, fristete der Philosoph ein einträgliches Dasein und schien so Matteos Traum von einem unbeschwerten, mühelosen Leben für sich erfüllt zu haben. Auch die geistige Überlegenheit der beiden Fremden spürte Matteo, so dass er sich genötigt fühlte, sie durch schmutzige Geschichten und üble Nachrede in eine Sphäre hinabzuziehen, die ihm vertraut war. Über das Verhältnis des Arztes zu einer Frau in der Hauptstadt hatte er haarsträubende Behauptungen aufgestellt, unter anderem die, dass es sich bei der Geliebten des Dottore um eine der verdorbensten Prostituierten des Landes handele und der Arzt, wenn er auch im Dorf als seriöser Mensch auftrete, in Wirklichkeit von ihren Einnahmen, vom Geld ihrer schmutzigen Freier lebe. Den Schriftsteller verleumdete er, hinter dem Rücken ihrer Mutter, die er nur zur Tarnung beschlafe, die minderjährige Marija verführt zu haben. Lange Zeit waren diese Gerüchte gleichgültig hingenommen worden und hatten dem Ansehen der beiden Gelehrten wenig geschadet. Jetzt aber, nachdem ein Verbrechen verübt worden war, fielen alle Anschuldigungen, die Matteo gegen den Philosophen erhob – und die den Arzt mitbetrafen, da man die beiden als Freunde ansah – auf fruchtbaren Boden.

Die Vorwürfe seines Vaters, vor allem aber jegliche Anstrengung scheuend, hielt Matteo sich so selten wie möglich zu Hause auf. Herrisch, redegewandt, mit hinterlistiger Schläue begabt, war es ihm gelungen, eine Reihe Gleichaltriger mit seinem Müßiggang anzustecken. Mit ihnen vertrieb er sich die Zeit durch Trinken und Lärmen, als eine zügellose Bande tyrannisierten sie die Umgebung. Zu ihnen hatte sich auch Tomo gesellt. Tomo war ein eher ängstlicher, zurückhaltender Mensch. Mit pickligem Gesicht, schmalbrüstig, die Haut fahl und schlaff, schien er die Pubertät noch nicht hinter sich zu haben, obwohl er hoch aufgeschossen war, blasse Bartstoppeln das Kinn übersäten und er mit Matteo beinahe gleichen Alters war. Tomo hatte sich dem Sohn des Nachbarn untergeordnet wie ein Hund. Er blieb auch in der Gruppe still, aber wenn ihnen ein Streich gelungen war, leuchteten seine Augen, und er betrachtete Matteo voller Dankbarkeit für solche Glücksmomente, die er sich selbst zu bereiten nicht in der Lage war.

Eines Tages gestand er ihm seine Leidenschaft für Rosa. Matteo reagierte amüsiert. Er hatte erlebt, dass die Frauen im Bordell sich über Tomo lustig machten, dass keine ihn haben wollte und er von einer zur anderen geschickt wurde. Und jetzt begehrte er Matteos Schwester, die stolze, verwöhnte Rosa. Matteo witterte einen Spaß. Er hatte sich an den Jungen, der ihm blind ergeben war, gewöhnt, zugleich erkannte er die Gelegenheit, Rache zu nehmen, seine Schwester für alle Bevorzugungen, die ihr der Vater gewährt hatte, zu bestrafen und sie endgültig in den Staub zu zwingen, sie zu erniedrigen und ihren Stolz zu brechen. Dieser Antrieb kam ihm nicht zu Bewusstsein, aber Matteo ermunterte den Jungen, um Rosas Hand anzuhalten, er selbst versprach, seinen Vater vorzubereiten und ihn für den Antrag günstig zu stimmen. Und so weit gelang ihr Vorhaben. Der Bürgermeister fühlte sich alt und verbraucht, er lebte in Abschiedsstimmung und glaubte sich verpflichtet, die einzige Tochter rechtzeitig durch eine Heirat zu versorgen. Dass Tomo einen großen Hof erben sollte, sprach für ihn, auch seine Schüchternheit war dem Alten sympathisch. Er dachte schmunzelnd daran, wie seine Tochter sich den schmalbrüstigen Jungen gefügig machen würde. Dass er Rosa hergeben sollte, dieser schmerzliche Gedanke stimmte so harmonisch mit seiner Melancholie überein, passte so genau in seine nur Vergänglichkeit und Abschied kennende Weltsicht, dass er sich insgeheim auf die Trennung freute. Also hatte er Tomos Vater die Hand darauf gegeben, noch im selben Jahr die Hochzeit auszurichten. Doch Rosa wollte nicht. Mit Trotz, mit kindlichem Charme gelang es ihr, den Vater umzustimmen, so dass er die Hochzeit immer wieder verschob.

Tomo wandte sich verzweifelt an Matteo. Mit weinerlicher Stimme klagte er: „So geht es nicht weiter. Wir haben das Wort deines Vaters, er ist immerhin der Bürgermeister ..." Und zum ersten Mal empörte er sich, seine Stimme verstieg sich zu hysterischem Kreischen: „Du hast versprochen, dass ich sie bekomme! – Was ist jetzt, du hast dein Wort nicht gehalten, deine eigene Schwester tanzt dir auf der Nase rum!" Matteo fasste ihn hart am Kragen, und obwohl Tomo ein wenig größer war als er, sah es aus, als zöge Matteo ihn zu sich herauf. „Hör zu, du Memme!" zischte er. „Du bettelst, dass ich dir eine Frau verschaffen soll, du schickst deinen Vater zum Bürgermeister, damit sie dir eine Frau geben ... Kannst du denn selbst überhaupt nichts? Heute Nachmittag werde ich Rosa ins Nachbardorf schicken: Wenn du Mut hast, sprich sie an und versuch selbst, dir deine Frau zu holen, falls du überhaupt den Mund aufkriegst. – Und sowas will ein Mann sein!" Er stieß Tomo zurück, dass er strauchelte. „Du kleine stinkende Ratte, du!"

Es hatte den Arzt alle Mühe gekostet, zu dem Mädchen vorgelassen zu werden. Geschlossen hatten der Vater und seine beiden Söhne sich gegen ihn gestellt. Erst eindringliche Beschwörungen, das Leben seiner einzigen Tochter nicht leichtfertig zu riskieren, hatten Pedro schließlich nachgeben lassen, wobei Überdruss und Erschöpfung stärker wirkten als Sorge und Einsicht. Außer Prellungen, Schürfwunden und blauen Flecken hatte Rosa keine Verletzung davongetragen – abgesehen von der einen tiefen, nicht zu heilenden Wunde. Sie wand sich in Fieberkrämpfen und stieß unverständliche Laute aus. Schweiß glänzte auf ihrer Stirn wie eine klebrige Masse. Der Arzt kannte dieses Fieber. Er wusste, dass alles, was er dagegen unternahm, zurückstehen musste hinter dem

zerstörerischen Kampf, den hier ein Körper mit sich
selbst kämpfte, auf dessen Ausgang alle Kenntnisse
und Mittel der Medizin keinen Einfluss hatten. Ganz
allein würde dieser sich windende Leib darüber entscheiden, ob er leben oder sterben wollte. Und der
Arzt wusste auch, dass, wie immer der Kampf ausge-
hen mochte, dieses geschundene, von Schweiß über-
zogene Fleisch sein Geheimnis bewahren würde, nie
würde ein Wort davon über diese geschwollenen Lippen kommen, niemand würde erfahren, was sich zugetragen hatte. Rosa selbst, wenn sie diese Marter
überstehen sollte, würde vergessen haben, was ihr
Körper wusste:

Dass Tomo Stunde um Stunde zwischen den Dör-
fern am Wegrand gewartet hatte, dass schon die
Sonne sank, als er Rosa endlich kommen sah, dass er
seinen ganzen Mut zusammennehmen musste, um
nicht fortzulaufen, dass er ihr den Weg vertrat und sie
ansprach, zärtlich, flehend, fordernd, bettelnd, dass
Rosa lachte und ihn beiseite stieß, wie ihr Lachen
dröhnend sich in seinen Ohren überschlug und an-
brandete gegen Matteos Schmähungen, die dort noch
lauerten „Und sowas will ein Mann sein, und sowas
will ein Mann sein", wie Tomo nicht mehr wusste,
was er tat, als er sich auf das mit einmal hilflose Mädchen stürzte und es mit Fäusten, Fingernägeln, Zähnen zwang, ihm zu Willen zu sein, sein dreckiges Ta-
schentuch in ihren Mund stopfte, aus dem sie schrie,
wie Tränen und Speichel auf ihr Gesicht tropften, wie
Tomo sie beschimpfte, während er sie auf den

dornigen und steinigen Boden stieß, wie er sie schlug, als es ihm nicht gelang, sein unförmiges Glied in ihre unberührte Scheide zu zwingen, und wie es ihm schließlich gelang – dieser Stich durch den ganzen Körper, durch alles Denken und Fühlen, als habe ein Blitz sich in ein Messer verwandelt –, wie sie stundenlang dalag, unfähig, sich zu bewegen, während es rasch dunkelte und Feuchtigkeit aus den blutbespritzten Gräsern stieg: all das hatte sich in Rosas Körper wie eine ätzende Flüssigkeit eingefressen, all das wusste dieser geschundene Leib und noch viel mehr von Hass, Verachtung und Verzweiflung, was nie ein Mensch erfahren sollte.

Dagegen war es ein offenes, allerdings unausgesprochenes Geheimnis, dass Tomo, als er begriff, was er getan hatte, bei Matteo Hilfe suchte. Matteo, der den Abend in der Taverne verbrachte, nutzte einen günstigen Augenblick, das Notizbuch des Philosophen an sich zu nehmen, dann erst ging er nach Hause, um sich mit seinem Bruder auf die Suche nach Rosa zu begeben. Etwas wie Pflichtbewusstsein regte sich in ihm, wenn er schon nicht das Geschehene ungeschehen machen konnte, so doch alles daranzusetzen, das Dorf und seine Bewohner reinzuhalten. Von dieser Vorstellung durchdrungen, tat er alles, den Eindringling, den Dottore Philosoph als Schuldigen anzuprangern, und dass ihm die Widersinnigkeit seines Wahns gar nicht in den Sinn kam, stattete ihn mit solcher Überzeugungskraft aus, dass es ihm gelang, das ganze Dorf auf seine Seite zu bringen. Die einzige

Ausnahme hierin bildete Sofia, die Haushälterin des
Arztes, die allerdings sich selbst nicht mehr zum Dorf
rechnete und von den Einheimischen schon seit langem nicht mehr mitgezählt wurde.

6

Wenig später als der Arzt verließ der Schriftsteller das
Haus. Nur in den Armen einer Frau, glaubte er, die
Einsamkeit, in die er sich gestellt sah, die Verzweiflung, die in ihm hochkroch, vergessen zu können. So
schlug er den Weg zu Joanas Haus ein. Auch Marija
zu sprechen, bedeutete ihm viel. Er durfte sie nicht
dem Gerede der Leute überlassen, er musste ihr ge-
genübertreten und klarstellen, dass nichts von dem,
was über ihn gesagt wurde, der Wahrheit entsprach.
Im Stillen erhoffte er sich von der bloßen Gegenwart
des Mädchens eine Beruhigung, ja so etwas wie eine
Absolution: Denn darin lag das Schreckliche seiner
Verfassung, dass etwas in ihm den Anschuldigungen
recht gab, dass auf dem Grunde seiner pochenden Gedanken die Bereitschaft lauerte, das Unheil, das sich
gegen ihn erhob, zu akzeptieren. War auch die konkrete Anklage gegen ihn haltlos und falsch, so schien
ihm doch die Tatsache, dass die Menschen sich ver-
bündeten, um ihn zu verstoßen, um mit ihm alles Ver-
werfliche aus ihrem Leben zu verbannen, durch die
Art seiner Existenz hinreichend begründet, schien

ihm seine Schuld viel tiefer erwiesen, als der Nachweis eines konkreten Verbrechens es jemals vermocht hätte. War nicht dieses Leben vergeudet? Wem hatte er genutzt mit seinen Wortgeflechten und Satzgefügen, wem diente es, dass er der bestehenden Wirklichkeit Geschichten, andere Wirklichkeiten hinzuerfand? Und doch glaubte er, ein Blick in die sanften, alle Gegenstände mit einem Leuchten versehenden Augen des Mädchens könne den Druck von ihm nehmen, diesen Gedanken, dass alles sinnlos war, was er tat.

Er betrachtete sich als eine Art Schwarzes Loch, in dem alle Sinnhaftigkeit verschwand. Dabei hielt er nicht etwa menschliches Handeln, menschliches Leben und Erleben überhaupt und grundsätzlich für sinnlos. Allein was mit *ihm* in Berührung kam, womit *er* sich beschäftigte, verlor augenblicklich seine Bedeutung. Er war das Zentrum der Sinnentleerung. Keineswegs also wäre ihm eingefallen, das Leben des Arztes in seiner Absonderlichkeit in Frage zu stellen, an der Wichtigkeit seiner historischen Studien oder gar an der Bedeutung des Arztberufes zu zweifeln. Aber er glaubte zu wissen, dass, hätte er selbst diesen Beruf ergriffen, alle Krankheiten und Leiden der Menschen so gleichgültig geworden wären, sein eigenes Bemühen ihm so fruchtlos und überflüssig erschienen wäre, als teilte er das Los eines Gefangenen in seiner Zelle, der stumpf und unermüdlich die Ritzen im Mauerwerk zählt. Auf diese Weise hatte er alles zerstört, was ihm begegnet war, und seine

Schriften gaben Zeugnis davon, wie er darum rang, zumindest auf dem Papier die Dinge wiederzubeleben, ihre Präsenz und die ihnen innewohnende Bedeutung zu rekonstruieren, die unter seinem Blick, indem er sie erlebte und zu begreifen suchte, haltlos zerfallen waren.

Nur in Marijas Augen hatte er Ruhe gefunden. Er spürte, dass hinter diesem milden Blick etwas lebte, etwas heranwuchs, das sich der Zerstörungswut seines Verstandes entzog, das in Abgeschiedenheit und Stille sich völlig genügte und seinen Sinn in sich selbst trug, einen Sinn, der unbestreitbar blieb, weil er sich nicht offenbarte. Der helle Glanz in den Augen des Mädchens kam ihm wie ein Widerschein dieser Selbstgenügsamkeit, dieser Eigenbedeutung vor, die er nicht verstehen und an der er sich gerade deshalb beruhigen konnte. „Ein Blick von dir", murmelte er, „macht meine Seele gesund."

Für einen Augenblick verharrte er vor dem Haus, aus dem man ihn vertrieben hatte. Die Tür war nur angelehnt, die Fensterscheiben klafften zerschlagen im dunklen Gemäuer. Der Schriftsteller sah es, als beträfe es ihn schon nicht mehr. Vor wenigen Stunden erst war er daraus verjagt worden, und doch lag ihm der Gedanke einzutreten bereits völlig fern.

Er stieg weiter die Stufen der dunklen Gasse hinauf, als ihm plötzlich drei Gestalten den Weg versperrten. Kaum mehr als ihre Schatten hatte er wahrgenommen, als ihn ein wuchtiger Schlag in die Magengrube traf, der ihm den Atem nahm, so dass nur dumpfes Stöhnen sich seiner Kehle entrann. Er hatte schreien wollen. Vor Schmerz? Vor Erlösung? Trotz der wilden Hetze, die am Nachmittag gegen ihn losgebrochen war, hatte er die ganze Zeit nicht an physische Gewalt gedacht. Finsterste Einsamkeit, totale Verbannung, darin hatte er das Unglück gesehen, so hatte er sich Urteil und Strafe vorgestellt. Dass es rohe, brutale Körpergewalt sein würde, was ihn niederstreckte, darauf war er nicht gekommen. Er bemerkte, wie in ihm ein Gebräu von Einverständnis und Empörung, von Schrecken und kaum merklicher Wollust brodelte, bevor ihn ein Tritt in die Geschlechtsteile in die Knie zwang und zu Boden warf. Von da an dachte er nichts mehr. Nur noch ein Bündel zusammengerollter Knochen und Muskeln, bäumte er sich unter den Schlägen und Tritten, die auf ihn niederfuhren. Mit aufgerissenen Augen starrte er das Pflaster an, das ihm entgegenraste, hart schlug er mit der Stirn auf. Was weiter mit ihm, mit seinem zuckenden Körper geschah, empfand er als grausame Detonationen, als Blitze und blendende Funken, Feuerwerksraketen, die wie Messerstiche das Dunkel zerschnitten, das ihn umhüllte, und irgendwo in seinem gepressten Schädel explodierten. Alles übertrug sich ihm in Dröhnen und Gleißen, als wollte es ihn in Stücke fetzen.

Ein hoher, gellender Schrei durchdrang die Gasse. Am oberen Ende der Treppe ausgestoßen, lag er klirrend und kalt wie Metall über der abfallenden Straße, zwischen den eng gegeneinander gebauten Häusern schien er in der Luft zu stehen. Wie jeden Abend mit dem Abwasch beschäftigt, hatte Marija einen dumpfen Laut vernommen und war vors Haus getreten. Mit vorgebundener Schürze stand sie da, das Trockentuch in der Hand, und über die stumm sich bewegenden Schatten der Männer hinweg stieß sich ihr Schrei in die Nacht. Sie hatte sofort erfasst, dass etwas Schreckliches geschah und dass es um den Dottore Philosoph gehen musste. Dennoch lag in ihrer Stimme eine Ausdruckslosigkeit, als habe sie bereits das Äußerste gesehen und sich damit abgefunden, als liege das, was sie sah, schon hinter ihr, hingenommen als etwas nie wieder Gutzumachendes. Dadurch erhielt ihr Schrei seinen metallenen, hohl tönenden Klang, der etwas Gespenstisches hatte.

Die Männer ließen von dem sich am Boden krümmenden Schriftsteller ab, für einen Moment erstarrt. Dann aber schüttelte einer mit rauem Lachen die Beklemmung ab. „Ach, wen haben wir denn da?" rief er und ging auf das Mädchen zu. „Das ist ja das Ausländerflittchen, das sich für uns zu schade ist."

Marijas Blick glitt abwesend durch ihn hindurch, sie schien den Mann nicht zu bemerken. Mitten im Schritt hielt er inne. Den Morgenrock fest um den kräftigen Leib gegürtet, ein langes Messer mit beiden Händen vor sich haltend, hatte Joana sich vor ihre Tochter geschoben. Ihre Augen blitzten, und die Schneide der scharfen Klinge zuckte im Licht, das aus der Haustür auf die Gasse fiel.

„Matteo!" sagte sie scharf. Es klang, als beherrsche

sie sich mühsam, nicht gleich auf ihn loszustürzen, um ihn abzustechen wie ein Vieh. „Du Nichtsnutz, Schande deiner Familie und des ganzen Dorfes, deine Mutter wälzt sich im Grab vor Reue, dass sie dich geboren hat." Matteo stand nur zwei Schritte entfernt. Sein Mund verkrampfte sich zu einem blöden Grinsen, während die Augen zitterten und sich haltlos in alle Richtungen verdrehten. „Du und dein Diebsgesindel", stieß Joana hervor. „Ich werde dafür sorgen, dass ihr von der Erde verschwindet!" Dabei machte sie eine Bewegung auf ihn zu, das Messer fest umklammert vor sich.

Matteo stieß einen zischenden Laut aus, Angst und Hass kämpften in ihm. Langsam wich er zurück. „Kommt", sagte er zu den beiden andern, „der hat genug." Dabei versetzte er dem Schriftsteller einen Tritt in die Rippen. Seine Gefährten schienen erleichtert. Heiser raunend, unter gepresstem Lachen stiegen sie die Stufen hinunter. Als sie weit genug entfernt waren, drehte Matteo sich noch einmal um: „Du abgehalfterte Nutte", schrie er hasserfüllt, „dich kriegen wir auch noch!" Und höhnisch setzte ein anderer hinzu, dass das ja schon an Leichenschändung grenze.

Joana wartete, bis die Männer in die Hauptstraße eingebogen waren, dann ging sie zu dem Schriftsteller hinunter, der in verbogener Haltung, die Füße voran, über drei Stufen hinabhing. Marija rührte sich nicht. Erst als Joana sie heranrief, löste sie sich aus ihrer Erstarrung. Der Schriftsteller sah aus wie um die eigene Achse gewunden. Seine Schuhspitzen zeigten nach oben, das linke Bein lag abgespreizt eine Stufe tiefer als das rechte. In der Hüfte war der Oberkörper nach hinten verdreht, so dass der Kopf mit dem Gesicht nach unten in einer Lache von Blut und Erbrochenem auf dem Pflaster lag. Die Arme hingen kraftlos in den Gelenken.

Joana rief einmal laut um Hilfe. Ein paar Straßen entfernt antwortete ein Hund, weiter unten erlosch hinter einem Fenster das Licht. Sonst rührte sich nichts. Niemand würde ihr helfen. Der Ausgestoßene, der, den man ohnehin stets nur geduldet hatte, existierte für die Leute nicht mehr, sie hatten ihn gestrichen. Am nächsten Tag würden sie – teilnahmslos, als handele es sich um etwas, das sich in weiter Ferne zugetragen hatte – aus voller Überzeugung behaupten, sie hätten nichts bemerkt. Damit wäre der Fall für sie erledigt, nicht einmal das Bewusstsein einer Lüge bliebe ihnen zurück.

Joana fühlte sich jetzt alt und müde, sie spürte die Beine erlahmen und presste, mit einmal unter der abendlichen Kühle schaudernd, die Arme vor der Brust zusammen. Gleichgültig und schlaff hielt sie noch immer das Messer, dessen kalte Schneide sich nun beruhigend an ihre heiße, rotglühende Wange legte. Für einen kurzen Moment schloss sie die Augen,

„Was", dachte sie, „habe ich mit diesem Mann zu tun? Bin ich nicht auch eine Frau aus dem Dorf, ist er nicht auch für mich nur ein Fremder, und bringt nicht alles Fremde Unheil? Er hat mich nicht geliebt, ich habe ihn nicht geliebt, ich glaube, ich habe nie einen Menschen geliebt, auch mich selbst nicht ..."

All das schoss ihr blitzartig ins Bewusstsein, und es verdichtete sich zu dem Impuls, den Philosophen allein zu lassen, ins Haus zu gehen, wie alle anderen Tür und Fenster zu verriegeln und zu tun, als sei nichts geschehen. Da aber sagte Marija, leise zwar, doch drängend: „Mama, wir müssen etwas tun." Joana blickte ihre Tochter an, wie sie dastand mit verwirrten Augen, blassem Gesicht, das Trockentuch um die schmalen Hände geschlungen. Nie wieder, erkannte sie, nie wieder könnte sie dem Mädchen in die Augen sehen, wenn sie jetzt versagte. Sie musste dem Mann helfen, wäre es auch das letzte, was sie tat.

Sie ließ das Messer zu Boden gleiten und fasste den Schriftsteller unter den Armen, um ihn herumzudrehen. Sein Gesicht sah im Dunkeln aus wie eine formlose breiige Masse, blutüberströmt, die Lippen aufgeplatzt und dick, die Augen kaum erkennbar, verklebt, zuckend in den geschwollenen Höhlen. Sein Atem ging flach und keuchend. Von der Stirn rann frisches Blut über Wangen und Nase und tropfte lautlos vom Kinn auf das zerrissene Hemd des Mannes, auf die Hände der Frau, die sich um seine Brust gelegt hatten. Joana sah zu ihrer Tochter hinüber. Sie machte einen gefassten Eindruck. Das Entsetzen in sich niederkämpfend, schien sie nur darauf bedacht, den Mann in Sicherheit zu bringen. Joana hob seinen Oberkörper an und hielt ihn fest, so dass Marija behutsam die

Beine nehmen und nach unten führen konnte. Nur so, indem sie das Gefälle der Treppe nutzten, war es möglich, ihn aufzurichten. Gemeinsam gelang es ihnen. Aber der Schriftsteller rang mit dem Bewusstsein, nichts vermochte ihn dazu zu bringen, die Beine zu bewegen. Schließlich fassten ihn die beiden Frauen jede auf einer Seite und schleppten ihn langsam und vorsichtig die Stufen hinauf und ins Haus, wo sie ihn auf dem Sofa niederlegten. Während Joana sein Gesicht wusch, mit leichten Verbänden versuchte, die Blutungen zum Stillstand zu bringen, stand Marija still und unbeweglich hinter ihr, den Blick auf den Verletzten geheftet, bis er für einen Moment die Augenlider hob und sie sicher war, dass er verstanden hatte, wo er war und dass ihm nun nichts mehr geschehen konnte. Dann zeigte sie eine ungewohnte Betriebsamkeit. Sie brühte Kaffee für ihre Mutter, brachte Eis, das sie in Tücher wickelte, um sie dem Mann um die Waden zu packen, damit das Fieber sinke. Schließlich, und das hatte sie noch nie getan, nahm sie zwei Zigaretten aus der Packung auf dem Tisch, zündete sie nacheinander an, reichte eine zu Joana hinüber und rauchte die andere selbst.

„Der Arzt muss kommen", sagte Joana. „Wir müssen noch etwas warten. Wenn wir sicher sind, dass sich draußen keiner mehr herumtreibt, musst du gehen und ihn holen." – „Ja", erwiderte Marija, froh, dass sie etwas tun könnte, das von Nutzen war.

Sie schwiegen eine Weile, dann sagte Marija: „Gestern Nachmittag hat er mir eine merkwürdige

Geschichte erzählt. Sie handelte von einem Traum …"
Joana reagierte nicht, aber Marija sprach weiter: „…
von einem Traum, den er vor langer Zeit geträumt
hat. Er sagte, er habe aus diesem Traum eine Geschichte gemacht. Der Traum handelte davon, dass er
selbst noch ein kleiner Junge war und dass sich in die
Straße, in der er wohnte, ein Krokodil verirrt hatte.
Dort wo er wohnte, gab es überhaupt keine Kroko-
dile, aber darüber schien sich in dem Traum niemand
zu wundern, nur dass man es dort nicht dulden
wollte, nicht in der Stadt, nicht in dieser Straße. Die
Männer stehen, erzählte er, wie Männer stehen, die
Arme vor der Brust verschränkt, abweisenden Bli-
ckes, stumm in der Gewissheit, dass diese Wand von
Ablehnung, Härte und Schweigen niemand durch-
bricht. Dahinter die zeternden Frauen …"

Ein wenig befremdet hob Joana den Kopf, als sie
nun ihre Tochter mit den Worten des Philosophen
sprechen hörte. Zugleich ging etwas Beruhigendes
von ihrer Stimme aus, von dem gleichmäßigen Ton,
in dem sie fortfuhr: „Wir Kinder, sagte er, schreien:
,Verschwinde hier, du hast hier nichts zu tun!' Im
Schutz der Mauer, des Schweigens umspringen wir
das Tier, das zusammenzuckt, verwirrt, und nicht
weiß, in welche Richtung es zuerst sehn soll. So groß
ist es, viel größer als ein Krokodil, fast wie ein Haus,
und hüpft von einem Bein aufs andre, den Vorderkör-
per hochgereckt, so dass es jetzt einem Saurier ähnelt.
Doch mit ihm wächst die Mauer der Väter. Weit über
ihren Köpfen, bis in die Wolken türmt sich ihre Kraft,

ein unsichtbares Netz. Wortlosigkeit hat einen Graben vor den Männern ausgehoben, unüberwindbar an Tiefe, Kälte und Nacht. Sie sind mit Gartengeräten bewaffnet, spitzen, scharfen Spaten, Rechen, Heugabeln ..." Marija lächelte: „Ich fand es lustig, als er das erzählte: So ein großes Tier, das von einem Bein aufs andere hüpft, und rundum die kleinen Männer mit ihren Heugabeln ... Aber er sagte, vieles, das ernst und traurig sei, sehe komisch aus."

„Wie ging die Geschichte weiter?" fragte Joana. Sie wünschte, Marija möge eine Geschichte erzählen, die nie aufhörte, die alles, was passiert war, in sich aufnahm wie ein Traum und es ungeschehen machte, es vergessen ließ, indem sie einfach weiterging, immer weiter, ohne je etwas anderes zu sein als eine Erzählung, ohne je in die Wirklichkeit zurückzuführen.

„Er erzählte wieder von den Kindern", sagte Marija. Sie schien sich den Wortlaut der Geschichte genau eingeprägt zu haben: „Im Gefühl, unter den Augen der Männer werde uns nichts geschehen, kam es uns Kindern nicht in den Sinn, dass auch wir auf dieser Seite der Wand von den schützenden Häusern getrennt sein könnten. So hielten wir mit unserem Übermut nicht an uns, reizten das mächtige Wesen mit Stöcken, neckten es mit höhnischen Schreien, und unsere hellen Kinderstimmen schmerzten dem Tier in den Ohren. Es zitterte. Dann öffnete es den riesigen Rachen, als wollte es etwas erwidern. Seine Zähne blitzten furchtbar in der Sonne. Gebannt und ängstlich wichen wir zurück und gaben acht, nicht von einem

Hieb des Schwanzes getroffen zu werden, der als gefährlich und kräftig bekannt war. Die Mütter, die zwischen den Häusern beisammenstanden, kümmerten sich nicht um das Ereignis. Zwar sprachen sie viel und laut durcheinander, doch schien ihr Gerede sich nicht auf das Krokodil zu beziehen. Nur manchmal durchdrang eine ihrer kreischenden Stimmen die unbewegte Wand und rief: ‚Nun schafft ihn endlich fort!‘ – Das Krokodil machte eher einen verstörten als bösen, geschweige angriffslustigen Eindruck. Die in der Sonne grau schimmernde Straße auf und ab sprang es in gewaltigen Sätzen an der Flucht unserer Väter entlang, suchte, aber fand keinen Durchschlupf. Bedrohlich wurde nur das steinerne Schweigen der Männer, die kalt und zornig aus verengten Augen blickten. Dass das saurierhafte, gepanzerte Reptil sie um ein Vielfaches überragte, schüchterte sie nicht ein. Sie kannten ihre Macht und wollten nur dem Eindringling Gelegenheit geben, sich kampflos und freiwillig zurückzuziehen. Doch ihre Geduld hat Grenzen. Tonlos fuhr ein Murren durch die Reihe. Obschon unhörbar, drang es tief aus den gewölbten Brüsten der Männer. Ihre Beine steckten wie Säulen in der Erde, unbeweglich, rund, stahlglatt. Schon winkten sie gefährlich mit den Waffen, den Gartengeräten, die sie mit Fäusten umklammerten. Das Krokodil grunzt: unverständliche Laute, so fremd und durchdringend, dass wir Kinder auseinanderfuhren und uns in Vorgärten verkrochen, die unbewacht geblieben waren. Furchterregend richtet es sich auf, streckt sich noch höher über unseren niedergeduckten Köpfen. – Die Zeit steht still. Über die Blicke der Männer zuckt keine Wimper. Wir atmen nicht mehr. Das Gezeter der Frauen ist zu einem einzigen unerträglichen Ton erstarrt, der sich hinzieht und wie die windstille Luft einen Teil der Atmosphäre bildet, die gleich dem abgenutzten Asphalt auf der Straße liegt. Erstarrte Zeit. Vergangenheiten lugen aus den Fenstern, schieben Gardinen zur Seite und pressen ihr Gesicht an die Scheiben. Staubpartikel hängen über den Zweigen und geben dem Ganzen einen Anstrich von Grau. Regentropfen, die nicht weiter fallen. Sonnenstrahlen, die, an den Bäumen abgeknickt, nicht tiefer scheinen, eingefroren, kurz über der Erde vereist. Nächte, die nicht dunkel werden. Der Fluss wogt auf der Stelle, fließt nicht ab. Vermodert, stinkt. Die Blumen wachsen nicht, das Gras schlägt keine Wurzeln. Ein schrill getöntes Schweigen. Die Zeit steht still. – Plötzlich aber reißt das Krokodil den Rachen auf, es faucht, hebt fürchterlich den scharfgezackten Schwanz – In diesem Augenblick erwachen und sich schreien hören: Ich bin doch klein! Ich habe keinen Schwanz und keine Zähne! Bitte, tut mir nichts!" Marija schluckte, Tränen standen ihr in den Augen. „Hast du verstanden?" fragte sie. „Er selbst war es, er war das Krokodil, das keiner haben wollte, und er war doch noch ein kleiner Junge ..."

Sie schluchzte. Joana sah ihre Tochter hilflos an. Nie war sie ihr so nah gewesen, nie zuvor hatte sie sie weinen gesehen. Sie stand auf, um sie zu umarmen.

„Warte", sagte Marija, „warte! Der letzte Satz, es fehlt doch noch der letzte Satz, er hieß: Als ob es möglich wäre, sich einem Vater weinend an die Brust zu werfen und dort Geborgenheit bei ihm zu finden."

Von beiden unbemerkt hatte der Schriftsteller die Augen geöffnet. Er sah sie, wie man etwas, auf das man lange gewartet hat, von ferne sieht – wenn man es schon nicht mehr erreichen kann.

7

Spät in der Nacht wurde der Arzt, der schlaflos in seiner Kammer lag, von einem kratzenden Geräusch aus dem Bett gelockt. Er hatte Rosas Fieber kaum mildern können und war unzufrieden nach Hause gekommen. Dass der Schriftsteller fortgegangen war, behagte ihm nicht, und so wälzte er sich, obwohl von der Reise und dem langen Abend erschöpft, unruhig hin und her. Das Geräusch kam von der Haustür, etwas kratzte von außen daran. Der Arzt dachte, es sei ein Tier, eine Katze vielleicht, dann aber war ihm, als höre er ein Stöhnen. Nicht ohne Furcht war er an diesem Abend durch das Dorf gegangen, und auch jetzt spürte er wieder, dass Angst ihn lähmte, weniger die Angst, dass ihm Gefahr drohte, vielmehr dass etwas Furchtbares ihn erwartete, wenn er die Tür aufmachte. Im Grunde hatte er jedes Mal, wenn er in seinem Leben mit etwas Schrecklichem konfrontiert worden war – mit verstümmelten Menschen, mit Kranken, die in qualvollem Ringen gegen den Tod ankämpften – ein tiefes Grauen verspürt, und immer wieder hatte er einsehen müssen, dass er in einer Welt, in der so etwas möglich war, nie zu Haus sein würde. Das schien ihn für den Beruf des Arztes denkbar untauglich zu machen. Doch glaubte er, dass ein Arzt, der nicht so empfand, dem sich nicht beim Anblick eines in Schmerzen sich windenden Opfers der Magen zusammenzog, der sich nicht mit aller Kraft gegen diese Erniedrigung der Kreatur empörte, seine Menschlichkeit, seine Würde verloren habe. So hatte er jedes Mal Wut und Ekel in sich niedergewürgt und versucht zu helfen, wenn ihm auch das, was er vermochte, schäbig und gering vorkam.

Er lauschte an der Tür. Jetzt schien alles still zu sein. Doch nein, da war es wieder, etwas knackte, leises Wimmern war zu vernehmen. Ihm war, als schnürte ihm etwas die Kehle zu. Mit zitternden Fingern drehte er den Schlüssel um und öffnete die Tür: Auf Knie und Hände gestützt, auf der obersten Stufe kauernd wie ein verängstigtes Tier, starrte Marija ihn aus schreckgeweiteten Augen an.

Sie konnte nicht aufstehen, die Beine knickten unter ihr weg wie Gummi. Der Arzt hob sie auf und trug sie wie ein Kind ins Haus. Auch Sofia war von den Geräuschen aus dem Schlaf geschreckt. „Mein Gott!" rief sie. „Das arme Kind!" – „Sei still!" Der Arzt fuhr ihr über den Mund. „Bring meine Tasche und warmes Wasser, beeil dich!" Erschrocken tat sie, was er verlangte.

Mit einem Blick hatte der Arzt erfasst, was passiert war, wenn er auch nicht entfernt die Grausamkeit und Härte dessen ahnte, was sich zugetragen hatte. Matteo und seine Gefährten hatten Marija kurz vor der Villa des Arztes abgefangen und in einen kleinen Wald geschleppt. Dort waren nacheinander alle drei über sie hergefallen. Matteo war der erste, der sich über sie warf. Er bespuckte sie und schlug ihr ins Gesicht, während er ihren Unterleib durchbohrte und mit dem ganzen Gewicht seines Körpers immer wieder auf das schmale Mädchen niederstieß. Die anderen standen daneben und feuerten ihn an. Dann kamen sie an die Reihe. Nachdem sie sie vergewaltigt hatten, gingen sie zu anderen Grausamkeiten über. Sie zogen Marija nackt aus und ließen sie auf allen Vieren umherkriechen, dabei trieben sie sie mit harten Gertenschlägen an. Abwechselnd setzten sie sich ihr auf den Rücken, bis sie zusammenbrach. Dann ritzten sie mit Messern in die Innenseite ihrer Beine, in ihren Bauch, in ihr Gesäß. Mit derben Händen pressten sie ihre Brüste und zogen daran, als wollten sie sie ihr aus dem Leib reißen. Wild lachend stießen sie sich das Mädchen zu, das strauchelte und hin und her geschleudert wurde, bis es oben und unten nicht mehr unterscheiden konnte und nur noch hilflos von einem brutalen Zugriff zum nächsten, von diesem wieder zu einem anderen stolperte und fiel. Von neuem angestachelt, brachten sie sie in Positionen, die ihnen ermöglichten, sie zu zweit und zu dritt zu missbrauchen. Unaufhörlich prasselten Schläge auf ihren Leib, und die Klingen der offenen Messer blitzten vor ihrem Gesicht. Erst nach Stunden ließen sie von dem Mädchen ab, das stumm und besinnungslos im Gras lag. Allein der Gedanke, dass sie den Arzt holen müsse, brachte Marija zu sich. Halb ohnmächtig hatte sie die Fetzen ihres Kleides zusammengesucht und war durch das Gras neben der Straße hierher, bis an die Tür des Arztes gekrochen.

Nach dem ersten Entsetzen behandelte der Arzt sie nun ruhig und sicher. Marija hatte einen schweren Schock erlitten. Als der Arzt fragte: „Marija, wer hat das getan?" bewegte sie kaum merklich die Lippen, gab jedoch keinen Laut von sich. Nur ihre großen Kinderaugen erfassten den Mann und blieben schreck-erfüllt auf ihn gerichtet. Erst als der Arzt sich erhob und die Haushälterin sich an seine Stelle setzte, schien Marija sich ein wenig zu beruhigen.

Der Arzt ging zum Telefon und bestellte für den frühen Morgen einen Krankenwagen aus dem Krankenhaus der nächsten Stadt. Dann machte er sich auf den Weg, Joana von dem Unglück zu verständigen. „Warum", überlegte er, „mag Marija noch so spät unterwegs gewesen sein?" Er ging die leere Hauptstraße entlang, aus Häusern und Bäumen atmete Totenstille. Selbst die Grillen, die sonst die Luft mit ihrem durchdringenden Schnarren erfüllten, waren verstummt.

Wo die kleine Gasse zum Haus der Witwe abbog, machte er kurz halt. Der Mond war untergegangen, und die Seitenstraße klaffte schwarz vor ihm auf wie der Eingang einer Höhle. Auf der anderen Straßenseite flatterten ein paar Fledermäuse zwischen den Bäumen. Es begann wieder zu regnen. Der Arzt gefiel sich nicht in der Rolle des Boten, der eine schlechte Nachricht bringt. Er sah, wie Hass und Unvernunft über das Dorf hereingebrochen waren. Dunkle Kammern hatten sich aufgetan, Zerstörungslust, archaische Gewalt war entwichen und hatte das Blut vergiftet. Überall spürte er nun den kalten Schweißgeruch, die bittere Galle blinden, von Aberglauben und Primitivität beherrschten Triebes: als forderten die mittelalterlichen Mauern, hinter denen sich doch Fernseher und Radios, elektrisches Licht, Waschmaschinen und Kühlschränke verbargen, unnachgiebig, die Menschen, die hier wohnten, nach Gesetzen, älter als das Fundament, auf dem sie ruhten, zu regieren. Nach Reinigung schrien diese Mauern, verlangten, alles Fremde und Neue, alles, das nicht in ihrem Schutz geboren und aufgewachsen war, und mit ihm alles Schmutzige und alle Schuld hinauszujagen, weit fort übers Meer, von wo es niemals wiederkehrt. Auch gegen ihn, den Arzt, stemmten sich die rissigen Quader, auch ihn starrten sie aus bizarren, von Schatten gezeichneten Fratzen an. Er sah die Gesichter Verstorbener in den Wänden, das vorwurfsvolle Flehen derer, denen er nicht hatte helfen können. Das Prasseln des Regens, das Ächzen der Bäume, der Schrei einer aufgeschreckten Möwe, all das klang in seinen Ohren wie ein Jammern, wie ein Chor von Gemarterten, die über ihn Gericht hielten.

Schweren Schrittes, den Blick fest auf den Boden geheftet, stieg der Arzt die steile Gasse hinauf, an deren Ende vor dem kantigen Felsen des dahinter aufragenden Berges als letztes das abbruchreife Haus Joanas stand. Plötzlich stockte er, er bückte sich auf die schmutzige Straße. Ohne Zweifel waren es Blutspuren, was er sah. Man konnte doch das Mädchen nicht hier, drei Schritte vom Haus ihrer Mutter entfernt, überfallen und misshandelt haben. Hastig nahm der Arzt die letzten Stufen der Treppe und klopfte an die verschlossene Haustür.

„Marija?" rief es fragend von innen. „Ich bin es", antwortete er, „der Dottore." Joana riegelte die Tür auf. Ohne es zu bemerken, versperrte sie dem Arzt den Weg. „Marija? Wo ist Marija?" fragte sie. Der Arzt schob sie sanft zur Seite und trat ein. Im Halbdunkel erkannte er die Umrisse des Schriftstellers auf dem Sofa. Den Blick hin und her werfend zwischen dem Mann und der zerstreut den Morgenrock vor der Brust zusammenraffenden Frau, verstand er die Situation völlig falsch. Er hielt ernüchternde Härte für angebracht und sagte trocken: „Ihre Tochter ist überfallen worden, sie muss ins Krankenhaus."

Joana begriff nicht. Sie ging an dem Arzt vorüber, setzte sich an den Tisch und steckte sich eine Zigarette an. „Was haben Sie gesagt?" Der Arzt tastete nach einem Lichtschalter. „Marija ist überfallen worden", wiederholte er. „Sie ist nicht schwer verletzt, aber sie hat einen Schock erlitten. Es ist besser, wenn sie ins Krankenhaus kommt."

Die Frau antwortete nicht. Das Licht flammte auf, der Arzt drehte sich um, und erst jetzt entdeckte er die blutgetränkten Tücher und Umschläge, die über den Boden verstreut lagen, die Schüssel kalten Wassers, die neben dem Sofa stand.

„Warum kommen Sie so spät?" sagte Joana. „Ich habe Marija schon vor Stunden zu Ihnen geschickt." Der Arzt legte ihr eine Hand auf die Schulter, die eiskalt war und zitterte. Der Schriftsteller schlief. Sein Gesicht war verfärbt und aufgequollen, um seinen Kopf hatte Joana einen dicken Verband geschlungen. „Marija geht es gut", versuchte der Arzt sie zu beruhigen, „Sofia ist bei ihr."

„Was ist geschehen, was ist denn überhaupt geschehen?" Joanas Stimme klang schleppend, müde und schwer. „Man hat sie vergewaltigt, aber jetzt ist sie in Sicherheit", sagte der Arzt. Die Frau starrte geradeaus, ihr Blick traf auf den blinden Fernsehapparat. „Diese Schweine", sagte sie, aber es lag weder Hass noch Drohung in ihren Worten, nur Erschöpfung und Resignation klangen daraus.

„Kommen Sie." Der Arzt hob sie auf. „Ich gebe Ihnen etwas, damit Sie ein wenig schlafen können. Morgen werden Sie Ihre Tochter sehen." Widerstandslos ließ sich Joana von dem Arzt hinauf ins Schlafzimmer führen und nahm ein Beruhigungsmittel von ihm an. „Bevor ich gehe, werde ich noch nach Ihnen sehen", versprach er. Dann untersuchte er den Schriftsteller. Drei Rippen waren gebrochen, eine schwere Gehirnerschütterung war anzunehmen.

Mehr konnte er hier nicht feststellen. Er setzte sich an den Tisch und stützte den Kopf in die Hände. Wie wenig sie doch noch voneinander wussten, und wie plötzlich das alles gekommen war. Vor drei Tagen erst hatte er das Dorf verlassen, und nichts hatte darauf hingedeutet, dass er es bei seiner Rückkehr anders vorfände, als es ihm bekannt war. Er dachte an Christina, von der er sich erst gestern verabschiedet hatte und die nun in irgendeinem Hotelzimmer lag und schlief. Ein wenig kalter Kaffee stand noch in der Kanne, der Arzt goss ihn sich ein und trank in langsamen Schlucken. Es war das Los des Arztes, selbst wenn er noch helfen konnte, eigentlich immer zu spät zu kommen, nie war er da, um ein Unheil im Entstehen zu hindern, immer traf er erst hinterher ein, wenn es unwiderruflich geschehen war. Als habe ihn etwas eingeholt, fühlte er sich, aber er hätte nicht zu sagen vermocht, was es war. Draußen dämmerte es, in der Ferne krähte ein Hahn. Der Schriftsteller atmete ruhig und gleichmäßig, so dass der Arzt glaubte, ihn allein lassen zu können. Oben fand er Joana unruhig sich auf dem Bett wälzen, sie zuckte und stöhnte im Schlaf. Er betrachtete sie einen Moment, dann stieg er hinunter und verließ das Haus.

Im Dämmergrau fiel vor ihm die leere Gasse ab mit ihren ungleichmäßigen Stufen, mit Hausvorsprüngen und kleinen schwärzlichen Balkonen. Staubig lag unten die Straße, und trübe schwappte dahinter das ölige Wasser des Hafens gegen die Kaimauer. Die ersten Fischer kehrten zurück, die Motoren ihrer kleinen

Boote knatterten, es gab einen dumpfen Schlag, wenn sie mit der Seite an die Mauer stießen. Kehlige Rufe gingen hin und her. Der Arzt winkte nicht zu den Männern hinüber, und auch sie taten, als bemerkten sie den Dottore nicht, der auf die Hauptstraße hinaustrat und mit bedächtigen Schritten zu seinem Haus zurückging. Später dann kam ein Krankenwagen und brachte Marija und den Schriftsteller fort ins Krankenhaus in der Stadt.

Der Schriftsteller kehrte nie wieder ins Dorf zurück, seine Sachen, die Schreibmaschine und was ihm sonst noch gehörte, wurden eines Tages abgeholt. Der Arzt verblieb noch einige Monate in seinem Haus. Patienten aber besuchte und empfing er nicht mehr. Nur Sofia, die Haushälterin, und seine historischen Studien umgaben ihn. Das Dorf hatte ihn vergessen. Die Männer machten keine Witze mehr über seine Reisen, an dem Tisch, an dem er mit dem Schriftsteller gesessen hatte, saßen andere. Er verreiste häufiger und für längere Zeit als früher. Irgendwann blieb er ganz fort.

Sofia kehrte auf den Hof ihrer Eltern zurück, den ein Sohn ihres Bruders übernommen hatte, und bereitete sich aufs Sterben vor. Rosa, die Tochter des Bürgermeisters, wurde, wie es verabredet war, Tomo zur Frau gegeben. Sie bekam in rascher Folge drei Kinder, für die sie sorgen musste, während ihr Mann sich mit Matteo in der Taverne betrank. Joana und Marija übersiedelten in die Stadt. Hier hatte Joana Arbeit in einer Fabrik gefunden, bei der sie genug verdiente,

um sich und ihre Tochter durchzubringen. Marija erholte sich mit der Zeit, sie wuchs zu einer hübschen
Frau heran. Doch sie sprach nie wieder, und ihr Blick
hatte stets etwas Abwesendes, als sei er nach innen
gefallen. Im Dorf blieb alles beim Alten. Mochte etwas
geschehen, so ging das alltägliche Leben darüber hinweg, wie seit Jahrtausenden der Wind übers Meer
strich, wie das Meer über die Felsen spülte. Gleichgültig und unermüdlich.

(Für Dr. med. A. L.)

Marlene
oder: Beim ersten Mal, da tut's noch weh

Das Haus hatte einen kleinen Vorgarten. Ein schmaler Kiesweg führte von der niedrigen, schmiedeeisernen Gartenpforte zur Haustür. Georg zögerte. Nicht in dem Sinne, dass er innehielt, wartete, bevor er die kalte Klinke hinunterdrückte, das Tor aufschob und den kurzen Weg bis zum Eingang überquerte. Sein Zögern war gedanklicher Art, und es hatte ihn während des ganzen Weges hierher, ja schon den ganzen Tag lang nicht verlassen. Ohne dass seine Schritte deshalb stockten, war sein Gang eine ununterbrochene Kette von Stillstehen, Bedenken, Verwerfen. In jedem Augenblick hätte er umkehren können. So war jeder Schritt eine Entscheidung, allerdings nicht so sehr seines unentschlossenen Bewusstseins, als vielmehr seiner Füße, die, solange nichts Gegenteiliges entschieden war, die eingeschlagene Richtung fortsetzten. Georg trat auf das kleine Podest am Eingang. Mechanisch wurde die Funktion der Füße von seiner rechten Hand übernommen, sie drückte den Klingelknopf, und ein Gong ertönte. Hinter der Glasscheibe wurde es hell. Der Hausherr öffnete.

„Georg! Schön, dass du gekommen bist!"

„Walter ... Ich hatte Angst zu kommen ...“

„Na ja, das ist verständlich ... Beim ersten Mal!“ Er lachte aufmunternd und gab Georg die Hand. „Du wirst sehen: Es sind alles sehr nette Leute. Du brauchst keine Angst zu haben.“

Georg nickte. „Wieso beim ersten Mal?“ dachte er. „Ob Walter glaubt, ich sei noch nie vorher bei einer Abendgesellschaft gewesen? Oder ist das eine besondere Veranstaltung, und er hat es mir verschwiegen, weil er meine Ängstlichkeit geahnt hat und fürchtete, dass ich dann überhaupt nicht käme?“

Walter führte Georg an die Garderobe, wo er seinen Mantel über einen Bügel hängen konnte. Für einen kurzen Moment sah Georg sich im Spiegel. Sein Haar war vom Wind durcheinandergebracht, er glättete es mit einer flüchtigen Geste.

„Da hinein, Junge!“ Walter zeigte auf die Tür, die ins Wohnzimmer ging, und Georg, verlegen lächelnd, sagte: „Ja.“

Im Zimmer verteilt saßen und standen bereits an die zwanzig Leute, die jetzt ihre Gespräche unterbrachen und den Ankömmling betrachteten.

„Jetzt sind wir komplett!“ rief eine Frau. Sie sprang aus ihrem Sessel auf und kam Georg entgegen, um ihn zu begrüßen.

„Meine Frau“, sagte Walter.

„Und Sie sind Georg, nicht wahr? Ich darf Sie doch Georg nennen?“

„Aber ja, ich bitte darum.“

Walter legte ihm eine Hand auf die Schulter: „Er

hatte Angst zu kommen."

„Na ja, beim ersten Mal." Die Frau kniff ein Auge zu: „Aber wir beißen doch nicht, was!"

Die Leute lachten und wandten sich allmählich wieder ab. Georg stand noch immer lächelnd, erneut verdutzt von der Bemerkung, es sei für ihn das erste Mal.

„Kommen Sie", sagte die Frau, „Sie möchten bestimmt etwas essen und trinken. Danach werde ich Sie ein wenig bekanntmachen. Sie kennen hier doch niemanden? Walter bringt sonst nie Kollegen mit nach Hause, wissen Sie." Dabei zog sie ihn an das Büffet, reichte ihm Besteck und lud ihn ein, nur tüchtig zuzugreifen. „Was trinken Sie? Bier, Wein oder etwas anderes?"

„Wein, bitte."

Sie schenkte ihm ein. „Irene", lächelte sie, „sagen Sie Irene zu mir!"

Da, als er das Glas an die Lippen setzte, durchzuckte es ihn. „Ich habe ... Walter! Ich habe ja ganz vergessen, entschuldige!" Er war so erschrocken, dass die Befangenheit von ihm abfiel, und er stürzte fast auf den Gastgeber zu. Nochmals schüttelte er ihm die Hand. „Es tut mir leid, ich habe nicht daran gedacht: Alles Gute zum Geburtstag!"

Walter lachte herzhaft, als hätte er selbst es schon vergessen. Alle fanden die Situation komisch, und auch Georg lachte. Aus der Jackentasche zog er ein kleines, eingewickeltes Geschenk, überreichte es, stumm mit den Achseln zuckend.

„Ich danke dir, Junge!" Walter klopfte ihm leicht auf die Schulter. „Nett von dir." Doch er packte es nicht aus, und Georg wusste nicht, was stärker war, seine Traurigkeit über die Nachlässigkeit seines Kollegen oder die Freude darüber, dass ihm erspart blieb, das kleine Geschenk hier vor den Augen aller Gäste ausgepackt und begutachtet zu sehen. Er tröstete sich damit, dass es Walter später Freude machen würde, wenn das Fest zu Ende war. Die Gesprächspause nutzend, trank er dem Geburtstagskind zu: „Auf Walter!" Und die übrigen fielen ein: „Ja, auf Walter!"

Georg kehrte ans Büffet zurück und füllte seinen Teller reichlich. Solange er aß, brauchte er nicht zu sprechen. Die Stimmen im Hintergrund blieben Geräusch. Er unterschied sie nicht und achtete nicht auf das, was sie sagten. Als er angesprochen wurde, verstand er darum auch nicht gleich, dass er gemeint war: „Dir schmeckt es wohl?"

Georg schluckte einen Bissen hinunter, nahm sein Glas: „Sehr gut. Danke!" Eine Unterbrechung, die er sofort wieder vergaß. Es war die erste Begegnung mit Marlene, aber Georg nahm sie nicht wahr.

Leider, auch wenn es ihm schmeckte, konnte er nicht den ganzen Abend mit Essen verbringen. Er stellte den Teller beiseite und ließ sich den Weg zur Toilette erklären. So gewann er Zeit, sich zu sammeln. Er betrachtete lange sein Gesicht im Spiegel. Es zitterte unter der Haut, und Georg spürte, wie seine Finger sich nervös aneinanderrieben. Als er zurückkam, bot sich das gleiche Bild wie bei seiner Ankunft: Die

Leute standen und saßen in Gruppen beieinander und redeten. Es waren genauso viele Frauen wie Männer, Georg war als einziger ohne Begleitung erschienen.

Nahe der Tür stand Walter zusammen mit einer jungen Frau. Er winkte Georg heran: „Darf ich dir Marlene vorstellen ..." Ein verschmitztes Lächeln zog in seine Augen, als er fortfuhr: „Bei der Geburt sagte ihr Vater: Meine Tochter wird genauso schöne Beine haben wie die Dietrich! Er gab ihr den Namen Marlene, und was noch besser ist: Er hat recht behalten!" Walter blickte bewundernd an Marlene hinunter. „Was sagst du, Georg? Hat es dir die Sprache verschlagen?"

Georg grinste. Die Situation war ihm peinlich, doch der Frau schien sie nichts auszumachen. Kokett drehte sie sich und ließ durch den geschlitzten Rock eines ihrer langen, geraden Beine sehen. Dabei lachte sie spitz, Georg erkannte ihre Stimme wieder. Er sagte noch immer nichts. Marlene trat dicht an ihn heran, einen Moment lang blitzten ihre Zähne, und Georg glaubte, die Zunge zu sehen. Eine einstudierte Mimik, wie ihm schien. „Ich habe viel von Ihnen gehört, Georg!" versicherte sie. „Sie sind ein toller Bursche, Walter hat mir von Dir erzählt ..."

„Das kann nichts Gutes gewesen sein", antwortete Georg.

„Oh", fiel Walter ihm ins Wort, „ich habe richtig von Dir geschwärmt, nur Gutes, nur das Beste ...", wobei er lachend den Atem durch die Nase stieß.

Inzwischen hatten alle die Szene bemerkt und sahen und lauschten herüber. Georg schwitzte. Das süße Parfüm, das Marlene umgab, nahm ihm die Luft. Er räusperte sich: „Nun, ich tue, was ich kann, das ist doch selbstverständlich."

Marlene trat noch näher, und jetzt flüsterte sie beinahe: „Längst nicht für jeden ist das selbstverständlich, Georg. Und nicht jedermanns Bestes ist gut genug ..." Das für mich am Ende des Satzes wusste sie so geschickt zu verschlucken, dass es niemand außer Georg verstand, der Satz jedoch genug an Zweideutigkeit behielt, dass jeder es sich hinzudenken konnte. Georg wagte nicht, einen der Zuschauer anzusehen, und da er nicht wie ein Primaner betreten zu Boden blicken wollte, blieb ihm nichts übrig, als Marlene gerade ins Gesicht zu schauen.

„Ist es wahr Georg, Sie sind ein Künstler? In Ihrer Freizeit, meine ich."

Georg wurde rot. „Ich ma… male", stotterte er wie ertappt, „Aquarelle, Kohlezeichnungen ... Ich habe auch schon mal in Öl ...", hilflos, als legte er ein Schuldbekenntnis ab.

Marlene säuselte, dass es wahre Leidenschaft nur noch bei Künstlern gebe, doch sie wurde barsch unterbrochen: „Wie malen Sie? Expressionistisch, impressionistisch, monochrom ...?"

Georg sah zu dem Mann hinüber, einem Pfeife rauchenden Mittvierziger, bärtig, mit energischen Backenknochen. Er antwortete ihm kaum hörbar: „Ich male, was ich sehe und wie ich fühle."

„Nun, Picasso hat einmal gesagt, man malt nicht, was man sieht, sondern das, wovon man weiß, dass es da ist, oder so ähnlich. Unsere Zeit ist die Epoche der Intellektualität, dem kann auch die Kunst sich nicht entziehen, das Schaffen eines Bildes ist zu fünfzig Prozent diszipliniertes Bewusstsein, zu fünfzig Prozent handwerkliches Können, undenkbar, ein Künstler der Jetztzeit, der nicht Hegel studiert und sich nicht mit den Grundbegriffen der Relativitätstheorie vertraut gemacht hat, ich in meiner Eigenschaft ...“

„Aber ist Kunst denn nicht etwas, das aus der Seele strömt, der Künstlerseele?“ wandte eine Frau ein. „Sie mit Ihren Theorien ... Jeder Mensch ist anders, und jeder ist auf seine Weise ein Künstler, ich zum Beispiel ...“

„Ihre Unschuld ehrt Sie, gnädige Frau. Ich hätte auch Naivität sagen können, was gar nicht böse gemeint ist, denn tatsächlich ist Naivität eine ästhetische Kategorie, wie Brecht sagt. Ohne sie gibt es keine Schönheit. Doch ich bitte zu bedenken, welche elementaren Funktionen in Erziehung, Bildung und Aufklärung des Publikums der Kunst zukommen, von den gesellschaftspolitischen Verpflichtungen ganz zu schweigen. Ein Künstler, der nicht nur dekorativ sein will, kann heutzutage nicht mehr so tun, als sei die Welt an der Ateliertüre zu Ende. Haben Sie Marx gelesen, junger Mann?“

Georg blickte hilflos in die Runde. Doch niemand beachtete ihn mehr, außer Marlene, die sich an seine

Seite gedrängt und bei ihm eingehakt hatte. Nur von Irene, der Gastgeberin, fing Georg einen bedauernden Blick auf, von ihr fühlte er sich verstanden. Die Frau, die dem Pfeifenraucher widersprach, nutzte die Gelegenheit, zu Wort zu kommen: „Sie mit Ihren Theorien!" rief sie erneut. „Noch nie ist ein gutes Bild durch Theorien entstanden. Es ist nur gut, wenn man die Künstlerseele darin spürt. Ich gebe Ihnen recht darin, dass ein Bild, das völlig ohne theoretischen, und ich meine kunsttheoretischen Hintergrund, das nur voller Seele ist, nicht dauerhaft sein kann, aber ein Künstler, der so viel Bewusstheit hat, wie Sie es verlangen, wird nicht einen einzigen Pinselstrich tun: er braucht Fantasie und Seele!"

„Er braucht einen klaren Kopf", erwiderte der Mann. „Ein gutes Bild entsteht selbstverständlich nicht, wenn er nur Halbheiten im Kopf hat, ein bisschen Michelangelo, ein paar Brocken Goethe, eine Prise Freud, Lenin, Nietzsche, Picasso, Klee und so weiter, nein: Das Bild muss völlige Klarheit in der Auseinandersetzung mit der Theorie ausdrücken. Deshalb ist auch die monochrome Kunst ..."

„Haben Sie schon etwas verkauft?" flüsterte Marlene.

Die Diskussion setzte sich fort, und immer mehr Leute beteiligten sich daran. Die Gespräche gerieten durcheinander, über Stil und Form, Ausdruck und Seele. Inmitten des Palavers schimpfte der Bärtige mit den energischen Backenknochen heftig gegen Dilettantismus jeglicher Art: „Ich verfluche", dröhnte er,

„ich verfluche mit Nachdruck diesen sentimentalen Infantilismus, der jeden Anstreicher am liebsten sofort zum Künstler erklären möchte, als Exkrement verfluche ich ihn, jawohl, als Exkrement der moralisch-geistigen Dekadenz! Wenn das Abendland untergeht, dann seinetwegen!"

„Hier und da habe ich Bilder verkauft", antwortete Georg. „Ich habe einen Teil meines Ateliers als Ausstellungsraum eingerichtet. Leute kommen und sehen sich die Bilder an, wir reden miteinander, manchmal kaufen sie was."

„Ich möchte ein Bild von Dir kaufen."

Georg lachte: „Sie haben meine Bilder ja noch gar nicht gesehen!"

„Ich weiß ..." Marlene blickte ihn an: „Aber ich habe Sie gesehen. Kunst ist für mich eine Form der Erotik, Sie verstehen ... Ich sehe Sie, und ich weiß, dass Ihre Bilder gut sind."

Georg zog sich der Magen zusammen, seine Stimme klang trocken und ohne Ausdruck: „Kommen Sie vorbei und sehn Sie sich sie an. Abends nach sechs. Die Adresse steht im Telefonbuch."

„Ich will sie jetzt sehen. Jetzt sofort! Komm ..."

Marlene fasste Georg beim Ärmel und versuchte, ihn mitzuziehen. Aber Georg hielt sie zurück. „Das ist unmöglich", sagte er.

Es war still geworden, die Unterhaltung verstummt. Alle sahen herüber zu Marlene und Georg, die dicht beieinander an der Tür standen. Georg wiederholte, dass es unmöglich sei. „Das Atelier liegt am anderen Ende der Stadt, und ich habe keinen Wagen."

„Aber ich", sagte Marlene, und wieder sah Georg die Zunge zwischen ihren Zähnen vorschnellen. „Ich will es. Jetzt sofort, Georg. Wir fahren!"

Sie griff erneut nach seinem Arm. Doch ehe Georg begriff, hatte der Pfeifenraucher, der dazugekommen war, Marlenes Hand von seinem Ärmel weggerissen, stieß Georg zur Seite und zog die Frau hinter sich her aus dem Zimmer. „Ja!" brüllte er. „Wir fahren! Und zwar nach Hause!"

Marlene wehrte sich, schrie, dass er ihr wehtue. Georg wollte ihnen nach, aber Walter hielt ihn zurück. Kurz darauf schlug die Haustür ins Schloss. Und mitten hinein in das betretene Schweigen, das Georg erwartet und befürchtet hatte, brachen wie auf ein Signal alle Gäste in Gelächter aus. Georg war verdutzt, er begriff überhaupt nichts.

Es dauerte eine Weile, bis er die Sprache wiederfand. Dann wandte er sich an Walter: „Es tut mir leid", sagte er, „dass es zu dieser Szene gekommen ist." Aber Walter legte ihm den Arm um die Schulter und beruhigte ihn: „Du kannst nichts dafür, Junge. Es ist immer dasselbe, weißt du, sie versucht, jeden rumzukriegen, frag' die andern, es hat wirklich nichts mit Dir zu tun ..." Er schüttelte hämisch den Kopf: „Genaugenommen ist es sogar meine Schuld. Ich wusste genau, was passieren würde, als ich Dich ihr vorstellte. Ein Geburtstagsstreich, entschuldige, Junge ..."

„Du hast nur beschleunigt, was sowieso geschehen

84

wäre", lenkte Irene ein. Sie hatte das Spiel durchschaut, daher ihr mitleidsvoller Blick, den Georg aufgefangen hatte.

„Wisst ihr was", rief jemand dazwischen. „Ich glaube, es macht ihn scharf, wenn sie bei anderen so rangeht, und jetzt sahnt er ab, was eigentlich für unseren Künstler bestimmt war! Raffiniert, raffiniert ..."

Die Männer lachten tief dröhnend aus der Brust, die Frauen schrill aus der Kehle, aber Georg grinste nur krampfhaft. Als er Künstler hörte, sackte er in sich zusammen. Er hätte es lieber für sich behalten, er sprach nicht darüber und hörte nicht gern, wenn ein anderer es tat. Jetzt stand er da mit seinem zum Grinsen verzogenen Mund, als wagte er nicht zu verstehen, was gemeint war.

„Trink erstmal einen!" Walter reichte ihm sein Glas. „Und komm, setz dich zu uns!"

Georg nahm einen tiefen Schluck. Er steckte sich eine Zigarette an, die Walter ihm hinhielt.

„War wohl ein bisschen viel fürs erste Mal, was?"

Da war es wieder. Georg zuckte, verschüttete beinahe den Wein. Er bekam Rauch in die Augen, verschluckte sich und musste husten. Mit jeder Wiederholung dieses seltsamen „das erste Mal" kam er sich dümmer und unerfahrener vor, schrumpfte wie ein Kind, das man ständig daran erinnert, wie klein es noch ist. Offenbar hatte Walter sich Georgs Angst nicht anders zu erklären vermocht als durch die Annahme, sein Kollege besuche zum ersten Mal eine Abendgesellschaft, jetzt aber fügte er erläuternd hinzu: „Mein Kollege ist nämlich zum ersten Mal bei uns."

Das also war es. Es erleichterte Georg, doch es blieb, dass er sich klein und unbeholfen fühlte.

„Da hat er ja gleich den richtigen Eindruck mitbekommen von unserem Haufen!"

„Was soll das denn heißen? So schlimm sind wir auch wieder nicht! Oder, Georg?" Walter schlug ihm klatschend auf den Oberschenkel.

„Bitte? – Nein ..." Georg nahm noch eine Zigarette, diesmal aus Irenes Packung, die offen auf dem Tisch lag. Er beschloss, sich bald zu verabschieden. Er wollte nur lange genug warten, damit sein Aufbruch nicht als Reaktion auf die Szene mit Marlene aufgefasst werden konnte. Inzwischen redete man über Berufliches. Georg sagte nicht viel. Seiner Doppelexistenz überführt, rechnete er jetzt nicht mehr damit, dass man ihn ernst nahm. Er beobachtete, dass Irene ihre Zigaretten nur zur Hälfte rauchte. Dann drückte sie sie aus. Sie knickten kurz unter dem Filter zusammen, Irene verstärkte den Druck, bis sie im Filter brachen und die Glut völlig erstickt war. Die langen Kippen schlängelten sich im Ascher, falteten sich unmerklich wieder auf, als wollten sie sich strecken. Wo sich der Fingernagel eingebohrt hatte, sah man Spuren von Nagellack, das Papier geknautscht wie aufgekratzte Haut. Georg inhalierte den Rauch tief in die Lunge, seine Zunge tastete nach Essensresten zwischen den Zähnen. Er hatte selten so viel gegessen wie heute.

Wenn er auch ihrer Aufdringlichkeit hilflos gegenübergestanden hatte, jetzt bedauerte er, dass Marlene gegangen war. In ihrer Koketterie, in ihrer säuselnden Stimme drückte sich mehr Lebendigkeit aus als in dieser ganzen Gesellschaft zusammen. Und wie ihm schien, hatte sie etwas sehr Wichtiges erkannt: Kunst hat stets mit dem Leben zu tun so wie die Erotik. Es war nicht dumm, was sie gesagt hatte, es war wie ein Riss in der Fassade ihres Gesichtes, ähnlich dem Schlitz im Rock, durch den das Bein zu sehen war. Ein Wühlen im Bauch war ihm davon zurückgeblieben, eine taubstumme, blinde Sehnsucht.

Als Georg sich schließlich erhob, um zu gehen, fragten einige nach seiner Adresse und versprachen vorbeizukommen, sich seine Werke, so sagten sie, anzusehen. Georg entgegnete, dass er sich freue, doch er hoffte und wusste, dass sie es nicht tun würden.

Walter brachte ihn hinaus. „Schön, dass du gekommen bist, Junge!" Er gab ihm die Hand. „Du nimmst mir meinen Spaß doch nicht übel?"

„Überhaupt nicht." Georg blickte ihm ins Gesicht und erkannte sich zitternd und klein in seinen Augen.

„Siehst du, Georg, du hättest keine Angst zu haben brauchen ... Auch wenn es das erste Mal war."

Georg nickte: „Du hast recht, Walter. Ich danke dir für den Abend. Wir sehen uns ..."

Walter winkte kurz und schloss dann die Tür hinter ihm. Georg durchquerte den Vorgarten, stieg über die niedrige, schmiedeeiserne Pforte auf die Straße. Das erste Mal: Er verstand es nicht, auch nicht, wenn er es aufnahm als das erste Mal bei uns. Es ergab keinen Sinn.

„Du hast recht, Walter", sagte Georg. Auf der Straße aber dachte er: „Es war genau, wie ich befürchtet habe. Meine Angst war begründet."

Er hörte, wie sie im Haus zu singen begannen, das alte Lied:

> *Beim ersten Mal, da tut's noch weh*
> *Da glaubt man noch, dass man es kaum verwinden kann*
> *Doch mit der Zeit, so peu à peu*
> *Gewöhnt man sich daran!*

Und schon nach wenigen Metern durchströmte ihn warm und stark die Gewissheit, dass alle diese Leute nichts verstanden hatten, dass sie nie etwas verstehen. Marleen käme morgen zu ihm ins Atelier, um seine Bilder zu sehen und das Versäumte nachzuholen. Er würde malen, mehr als je. Mit einer entschlossenen Geste schüttelte Georg die Verkrampftheit von sich, die Angst der vergangenen Stunden, und in großen Schritten trat er in die Nacht. Geradeso als ginge er nach Hause.

Die Prostitution

„Sehen Sie", sagte gelegentlich einer Verkaufsausstellung moderner Kunst der Schöpfer eines blutrot überspritzten Bildes, das schräg hinter ihm an der Stellage hing, zu einem Kollegen, „das Einzige, was wir vermögen, ist doch, die Angestellten und Ärzte, die Rechtsanwälte, Architekten und Galeristen und die Kritiker, die Kunstkenner aus Profession, sie alle hier und da ein wenig zu erschrecken. Das ist das Äußerste, und wenn es gelingt, ist es ein lächerlicher Trost ..."

Er trug Wildlederschuhe, die oft im Regen gewesen sein mussten, eine abgewetzte Breitcordhose und einen blauen, weitgeschnittenen Pullover. Sein volles, dunkles Haar war kurz, und hinter dem hellen Sprühen seiner braunen Augen lag eine stille, tiefe Dunkelheit von unfassbarer Trauer. Sein Blick schien gleichzeitig das Nächste, unmittelbar vor ihm sich Abspielende zu erfassen und wie durch Glas in ferne Weiten zu streifen, auf einem trans-horizontalen Gegenstand ruhend wie auf einer belebenden, besänftigend tröstenden Erinnerung.

„Dennoch", erwiderte sein Kollege, indem er auf das Bild hinter dem Maler deutete, „obwohl Sie ihn lächerlich nennen, scheinen Sie doch ganz und gar auf diesen Trost zu setzen: Sie wollen schockieren, und es wird Ihnen mit Sicherheit gelingen ... Ich für meinen

Teil setze auf den Verkauf, wissen Sie, und wenn der Preis stimmt, bin ich schon zufrieden. Ich weiß, was den Leuten gefällt, und was ihnen gefällt, tut ihnen auch gut: Formen und Farben, die das Auge beruhigen, spielerische Kompositionen ... Sie dagegen! Mit Ihrem brutalen, wie soll ich es nennen, es ist eine Art von abstraktem Realismus – Sie verletzen die Menschen, Sie tun ihnen weh!"

Inzwischen waren sie beide vor die Stellwand hingetreten. Der Maler des kritisierten Bildes zuckte die Achseln. Um die linke Hand hatte er einen sauberen Verband gewickelt, und er ließ sie, als gehörte sie nicht zu ihm, an seiner Seite baumeln, während er sich mit der rechten die Stirn kratzte.

„Übrigens", fuhr der andere fort, „ich muss gestehen, dass Sie ausgezeichnete Arbeit geleistet haben, technisch meine ich: Die Echtheit der Farben ist verblüffend, man könnte meinen, es sei tatsächlich Blut verwendet worden. Und die zarte, blasse Vorwölbung der Haut – vortrefflich, wirklich ausgezeichnet!"

Doch unverhohlen kam darin zum Ausdruck, dass das technisch vortreffliche Werk ansonsten dem Kollegen nicht behagte. Er lobte es nur deshalb so bereitwillig, weil er von ihm keine Konkurrenz befürchten musste. Dieses Schreckensbild, das außer einem Fetzen vorgewölbter Haut nichts als verlaufendes, spritzendes Blut darstellte, war einfach nicht zu verkaufen. Beachtung sollte es finden, die verdiente es. Ja, die Leute sollten sich vor diesem Bild versammeln,

90

diskutieren, loben, verreißen und tief berührt von dort an seine eigene Stellage treten, um seine spielerischen Kompositionen zu erwerben. Der Künstler schämte sich ein wenig bei diesem Gedanken, doch es war nicht seine Schuld, dass sich die Leute so verhielten. Er wünschte es nicht einmal, jahrelange Erfahrung hatte ihn gelehrt, es so vorauszusehen. Und seinen Nachbarn betrachtend, der liebevoll über die Leinwand strich, erkannte er, dass dieser es auch nicht anders erwartete. „Offen gestanden", sagte der wie zu sich selbst in sein Bild hinein, „offen gestanden: Ich würde es nie verkaufen."

„Welche Arroganz! Welche Selbstüberschätzung!" schäumte es da in seinem Kollegen. „Es ist doch klar, dass solch ein meisterlicher Dreck sich nicht verkaufen lässt, das ist doch klar! Er macht sich lustig über mich, weil ich wie alle andern hier die Kunst als ehrbares Handwerk betreibe und nicht als eine sinnlose ... Pinselmasturbation!" – Aber er spürte, dass er aus Neid, aus Missgunst und Scham so erregt war. Er schämte sich, nicht ebenfalls Werke zu schaffen, in denen er fortleben konnte, die er waren, und er wäre sie. Und er beneidete den anderen um seinen Mut, um seine Rücksichtslosigkeit.

Da drang eine Stimme zwischen die beiden, eine schrille, etwas blasierte Frauenstimme: „Sie würden es nie verkaufen? Habe ich das richtig verstanden, das Bild ist unverkäuflich, meinen Sie?"

Die Maler zuckten zusammen. Ihre Schultern

stießen leicht aneinander, als sie sich von dem Gemälde ab der Stimme zuwandten. Der Angesprochene nickte.

„Was ist denn so Besonderes an dem Bild? – Gehen Sie doch mal weg da!"

Die Frau schob die Männer zur Seite und trat, die Brille auf der Nase richtend, dicht an das Bild heran. Es handelte sich um eine Dame von vielleicht fünfzig Jahren, schmuck- und pelzbehangen, die den Verlust der Jugend mit Kosmetik wettzumachen versuchte. So war ihr Haar erkennbar gefärbt, die gestraffte Haut von einem künstlichen Braun, und sowohl die Augen- als auch die Mundpartie wiesen Spuren von Make-up auf, während am Halsausschnitt wie an den Handgelenken die fortgeschrittene Faltenbildung nicht zu übersehen war.

„Igitt!" entfuhr es ihr. „Das sieht ja scheußlich aus!" Sie wich angewidert zurück, überflog mit kreisendem Kopf die Leinwand, presste sich dann erneut fast mit der Nasenspitze auf die Oberfläche des Bildes. „Nein, nein, nein – ganz abscheulich!" setzte sie hinzu. „Was soll das denn darstellen: Krankheit und Tod? Das Leben ist ein Jammertal? Oder was? – Einfach entsetzlich!"

Währenddessen hatten sich einige Besucher eingefunden, und es wurden mehr und mehr, die gespannt erwarteten, was da Abscheuliches zutage treten würde. Denn noch hielt die lautstarke Frau den Anstoß ihres Entsetzens mit ihrem schmalen Rücken verdeckt. „Wo ist der Mensch, der das gemalt hat?" rief

92

sie mit vor Empörung bebender Stimme, und drohend rückte sie ihre Brille nach vorn.

Die Maler hatten den herandrängenden Besuchern Platz gemacht und waren in den Hintergrund geraten. Einer von ihnen, der Schöpfer des Bildes, schob sich nun zwischen den Leuten durch, während sein Kollege zurückblieb und ihm nachsah, etwas ängstlich den Blick auf die weißumwickelte Linke geheftet, die der Maler vorsichtig an seinem Körper barg.

„Ich bin der Schöpfer dieses Bildes", sagte der Mann ruhig. Und wiederholte: „Ich habe dieses Bild geschaffen." Dabei fasste er die Zuschauer ins Auge, ließ seinen sprühenden Blick zuletzt auf die Frau vor ihm fallen, erfasste sie ganz und schien doch gleichzeitig durch sie hindurch auf sein Werk, in sein Bild hinein auf eine darin harrende belebende, besänftigend tröstende Erinnerung zu sehen.

Die Frau griff nach dem Bügel ihrer Brille. Ohne dass sich in ihren Augen etwas bewegte, musterte sie den Maler von oben bis unten durch ein Auf und Ab der goldumrandeten Gläser. Sie taxierte ihn wie ein Objekt, das sie zu kaufen wünschte. „Ich gebe Ihnen tausend für den Dreck", zischte sie, „eintausend, damit ich das Un-Bild, dieses entartete Etwas verbrennen kann!" Mit einer Geste, die auf seine Kleidung hinwies, setzte sie hinzu: „Und damit Sie sich mal ein anständiges Paar Schuhe leisten können ..."

Einige Leute lachten verlegen. Bis jetzt hatten die Umstehenden das Bild noch immer nicht betrachten können, nur kräftiges Rot leuchtete hin und wieder hervor.

Der Maler trat einen Schritt zurück. „Das Bild ist nicht zu verkaufen", erwiderte er, als sei ihm ein seriöses Angebot gemacht worden. „Ich gebe das Bild nicht aus der Hand." Damit drehte er sich um und wollte gehen. Doch die Frau hielt ihn zurück: „Zweitausend!" keifte sie. „Ich gebe Ihnen zweitausend!"

Im selben Augenblick geriet der Kreis der Besucher in Bewegung. Da die Frau dem Maler nachgesetzt hatte, war der Blick auf das umstrittene Objekt endlich freigeworden. Jetzt umdrängten die Leute das Bild und versuchten, etwas zu erkennen: Doch da war nichts als die tiefrote Farbe von Blut und ein blasser Fetzen vorgewölbter, reliefartig herausgearbeiteter Haut, allerdings so plastisch, so realistisch gemacht, dass das Entsetzen der Frau halbwegs verständlich schien. Aber war man nicht einiges gewohnt in der Kunst? Von diesem Bild, zugegeben, mochte man betroffen, angewidert, abgestoßen sein, man mochte es als Effekthascherei und Schmiererei abtun, doch ein „entartetes Etwas": diese Kategorie war in der Kunstbetrachtung doch wohl überwunden.

Ein stadtbekannter Kritiker, Kunstkenner aus Profession, rühmte wie vorher der Malerkollege die technische Perfektion des Gemäldes: „Ein leidenschaftliches Werk", resümierte er, „ja, ein meisterliches Werk! Dem Künstler ist es gelungen, das Chaos der Leidenschaften kraft Beherrschung des Handwerks zu bezwingen und so einen zwar drastischen, doch durchaus reifen Ausdruck seiner emotionalen Situation hervorzubringen: das Spannungsfeld zwischen Künstler und Umwelt, stellvertretend für die Spannung zwischen dem Menschen überhaupt und seiner soziokulturellen Umgebung; der Kontrast von Licht und Finsternis; ein Fetzen Zärtlichkeit, umbrandet von den blutigen Wogen roher Lüste, brutaler Gewalt, kurz: eine Versinnbildlichung der Bipolarität alles Seienden schlechthin so wie der Ambivalenz des menschlichen Lebens insbesondere. – Es ist bedauerlich", ergänzte er, „dass unsere jungen Künstler ihre Werke nur noch fürs Museum schaffen. Sie sind nicht publikumsnah, und das ist schade, denn so wie wir von ihnen könnten doch auch sie von uns, von ihrem Publikum, so manches lernen ...“

Auch der Maler hatte diesen Worten zugehört. Obwohl er nun wusste, dass sein Werk am nächsten Tag in einem kurzen Artikel der Lokalzeitung erwähnt werden würde, und hoffen konnte, selbst durch die abgestandene Sprache des Kritikers hindurch den einen oder anderen Leser mit einem Schatten seines Bildes zu berühren, war er vor allem erschrocken, erschrocken, mit welcher Selbstgewissheit der Mann dieses pulsierende, durch und durch lebendige Werk in eine Rede verpackt und abgehandelt hatte. Und er begriff, dass dem Kritiker die Bilder austauschbar waren: Er hatte es nicht nötig, überhaupt noch hinzusehen.

Die schrille, etwas blasierte Stimme der Frau

unterbrach den Maler in seinen Gedanken: „Nun", sagte sie, „er lobt Ihr Werk ... Es scheint also mehr wert zu sein, wie? Sagen wir: fünftausend. Abgemacht?"

„Nein." Der Maler ging, ohne die Frau zu beachten, an ihr vorbei und stellte sich schützend vor sein Bild.

„Was soll denn das heißen? Warum verkaufen Sie nicht?" wiederholte die Frau ihre Frage, und jetzt mischte sich auch der Kritiker ein: „Ja, warum wollen Sie denn nicht verkaufen?"

Die übrigen Künstler, die ihre Bilder in dieser Ausstellung zeigten, waren von ihren Ständen herübergekommen und umringten zusammen mit den Besuchern den Maler und sein Werk. Er blickte in die Runde, spürte, dass er nun etwas sagen, etwas erklären musste.

„Ich", begann er, „ich kann dieses Bild nicht verkaufen, ich habe es mit meinem Blute gemalt."

„Er will den Preis treiben", höhnte jemand aus den hinteren Reihen. Die Kollegen kicherten. Das kannten sie: Gleich würde er erzählen, er habe sein ganzes Leben, seine geheimsten Gefühle in dieses Bild hineingelegt und könne sich unmöglich davon trennen. Man scharrte schon ein wenig ungeduldig mit den Füßen.

„Nietzsche", setzte der Maler neu an, „ich weiß die Stelle nicht mehr, Nietzsche sagt: Von allem Geschriebenen liebe ich nur das, was einer mit seinem Blute schreibt. Nun", er räusperte sich, „Gemälde sind noch weit mehr als Literatur unvermittelte, sensuelle

Äußerungen der Seele ... Die Seele ist bekanntlich nichts als ein Begriff ... ein Begriff für die analytisch nicht fassbare Gesamtverfassung unseres Körpers, wie sie aufgrund der zahl- und wahllos, chaotisch aufeinandertreffenden Sinnesreizungen zustande kommt: Insofern konstituieren die Wahrnehmungen unseres Körpers die Seele!"

Was er da sagte, es war sowohl wahr als auch falsch. Er fühlte eine Berechtigung seiner Behauptung und hätte doch viel lieber auf sein Bild verwiesen, das alles so deutlich zeigte, viel genauer, direkter, als er es in Worten vermochte.

„Die Seele wird von den Wahrnehmungen unseres Körpers konstituiert" – jetzt musste er weiter, durfte nicht abbrechen – „und also bedient sich umgekehrt die Seele der Mittel des Körpers, seiner Kräfte und Gesten, um ihrerseits etwas in der Realität zu bewirken, eine Spur, ein Zeichen zu hinterlassen. Diesen elementarsten Vorgang, diesen Grundprozess des Lebens zu erfassen, und zwar so nah und echt wie nur eben möglich, ist das Ziel der Kunst: Der Künstler schaut gleichsam durch die sich ihm als Material darbietenden Stoffe hindurch unmittelbar auf ihre Möglichkeiten, Ausdrucksmittel seiner Seele zu sein ... die wie gesagt ein Begriff ist für die Gesamtverfassung unseres Körpers, und diese kommt unter anderem auch durch eine derartige Begegnung mit den Möglichkeiten der Materie zustande –"

Obwohl der Satz sinnvoll beschlossen war, klang es,

als habe der Maler ihn in der Mitte abgebrochen. Ihm selbst kam es unziemlich verworren vor, was er von sich gab. „Prostitution", sagte er plötzlich und zeigte auf das Bild hinter ihm. Er erkannte die Bedeutung seiner Werke erst aus dem, was sie bewirkten. Dieses Bild, das Blut und Haut und Knochen, die Lebendigkeit des Lebens zeigte, sollte fortan den Titel „Die Prostitution" tragen.

„Sehen Sie", fuhr er nun fort, „es geht um die Gesetzmäßigkeit des Lebens, und was könnte sie direkter, tiefer ins Bewusstsein bringen als Blut, als Haut, über einen Knochen gespannt ... Wir müssen uns in der Kunst der Mittel bedienen, die unser Thema, unsere erfahrungsbedingte Erkenntnis am deutlichsten zum Ausdruck bringen ..."

Wiederum zeigte er auf sein Bild, trat neben die Stellage und überließ sich jetzt ganz den Worten, die, ihm von irgendwo ins Hirn gefallen, über seine Lippen rannen.

„Dieses Bild", betonte er, „das Bild, das Sie hier sehen, symbolisiert die Prostitution! Es hält Ihnen vor Augen, wie wir alle täglich unsere Haut zu Markte tragen, uns verkaufen müssen." Er strich mit der rechten Hand über die hautfarbene Vorwölbung auf der Leinwand. „Und es ist nur dieser Fetzen Haut, der hier sichtbar herausragt", sagte er dabei, „was von uns an die Oberfläche dringt ... Alles andere", und er ließ die Hand über die rote Fläche des Gemäldes gleiten, „alles andere bleibt darunter verborgen und – verblutet. Aufgabe der Kunst ist es, das Verborgene sichtbar zu machen, die Haut transparent erscheinen zu lassen, sozusagen unter die Haut zu gehen. – Wir verbluten im Innern, um uns nach außen besser verkaufen zu können! Was hier auf dieser Auktion stattfindet, ist genau dasselbe, auch wenn es wie eine Umkehr der Prostitution anmutet, indem ich hier mein Innerstes nach außen kehre, um Sie zu bestechen ... Nein, es ist dasselbe: Ich trage meine Haut zu Markte und mein Blut obendrein. Aber ich verkaufe nicht, ich habe das Bild –"

In diesem Moment drang, von ahnungsvollem Schrecken erfasst, eine Stimme aus den letzten Reihen der Zuhörer, eine Stimme, die rief: „Das Bild! Ich muss es haben, um jeden Preis, um jeden, ich muss das Bild besitzen, sofort, auf der Stelle!"

„Jeder Maler hängt an seinem Bild", bemerkte der Kritiker, „das ist selbstverständlich, zumal wenn es mit solchem Eifer, solch vorbildhaftem Ernst gemalt ist. Aber ich bin doch der Meinung, Sie sollten sich in diesem Punkt überwinden und das Werk, das so viel Anerkennung findet, seiner Bestimmung übergeben: Die Kunst steht im Dienste des Publikums. Also verkaufen Sie ..."

„Ja, verkaufen Sie!" ließ sich nun auch die Frau wieder vernehmen, die, von der Rede des Malers beeindruckt, mehrmals ihre Brille auf der Nase hin- und hergeschoben hatte.

Der Maler jedoch schnitt mit einer ruckhaften Kopfbewegung alles, das an ihn herangetragen wurde, ab und wies es von sich: „Sie haben mich offenbar immer noch nicht richtig verstanden ..."

Da ertönte die Stimme erneut, vor Entsetzen zitternd: „Jeden Preis!" bot sie. „Ich gebe Ihnen, was Sie wollen! Doch ich will das nicht hören, kein Wort mehr! Hören Sie doch!" Unter Zuhilfenahme seiner Ellenbogen kämpfte sich atemlos ein Mann nach vorn. Es war jener Maler spielerischer Kompositionen, die das Auge beruhigen. Am Rand der Verzweiflung war er bereit, jede Summe für das Bild zu bezahlen. „Fordern Sie, was Sie wollen", flehte er, „Sie bekommen es. Ich verlange nichts, als dass Sie schweigen ..."

„Nein, Herr Kollege", entgegnete der andere. „Nein, jetzt müssen wir bis zum Ende gehen. Ich habe dieses Bild ‚Die Prostitution' getauft, und es wäre nur folgerichtig, es selbst zur Prostitution freizugeben. Der Verkauf des Bildes wäre eine Bestätigung seiner Wahrheit – wenn es sich hierbei um eine gewöhnliche Darstellung handelte. Die Prostitution als nackte Tatsache und Wahrheit aber ist nicht selbst wieder prostituierbar. Und dieses Bild ist nicht die Darstellung der Prostitution, es ist sie selbst, es ist zu Markte getragene Haut, feilgebotener Knochen, sinnlos vergossenes Blut!"

Mit einem harten kurzen Ruck, der seinen Kollegen zu Boden zu werfen schien, denn dieser knickte vornüber zusammen, riss er seinen linken Arm hoch neben den Kopf: „Dieses Bild ist unbezahlbar!" schrie er. „Denn es ist nicht in der Farbe des Blutes, sondern es ist mit Blut gemalt! Es ist echt, dass es echter nicht sein kann. Ich gebe das Bild nicht her, weil ich euch kenne: Wenn ich euch den kleinen Finger lasse, greift ihr nach der ganzen Hand!"

Der furchtbare Doppelsinn dieser Worte hallte in einem Aufschrei wider: Es war deutlich erkennbar, dass dem kleinen Finger der linken Hand, die säuberlich und frisch verbunden war, zwei Glieder fehlten, dass er verstümmelt war.

Der Maler spielerischer Kompositionen, das Gesicht in den Händen, wimmerte kläglich. Der Kritiker, Kunstkenner aus Profession, ließ zaghaft etwas von einer „unerhörten Geschmacklosigkeit" verlauten. Die Frau allerdings war ohnmächtig den hinter ihr Stehenden in die Arme gefallen, wenn auch so, dass ihre Brille nicht zu Schaden kam.

Der Maler verpackte in ruhiger Eile sein Werk. Er hatte die Grenze der Käuflichkeit überschritten. Durch einen stummen, blässlichen Hagel von Hass, das skandalöse Objekt unter den Arm geklemmt, verließ er den Saal. Zu Hause angelangt, in seinem kleinen, schlechtbeleuchteten Atelier am oberen Stadtrand, befreite er als erstes seine Hand von dem Verband und reckte die Glieder, die vom Daumen bis zum kleinen Finger vollständig und gesund unter dem weißen Tuch zum Vorschein kamen. Darauf trat er an die Staffelei, deckte sie auf und begann, auf einer Palette seine Farben zu mischen.

„Diese Narren", knurrte er. „Wenn es so einfach

wäre ...“

Sein Blick fiel nach innen auf die Schmerzen dieser langen arbeitsreichen Nacht, die nun in aller Schwere wieder vor ihm lag.

Sein und Zeit

Es war spät, schon nach Mitternacht. Der Professor hatte sich entschlossen, eine Schachpartie nachzuspielen. In die Spielzüge von Großmeistern hineinzufinden, schien ihm am ehesten geeignet, sein Denken in geordnete Bahnen zu bringen. Er wählte eine ereignislose, konsequent geführte Positionspartie, eine klassische Begegnung aus dem letzten Jahrhundert. Mit einer Nüchternheit, die so etwas wie das formalisierte Ideal einer philosophischen Argumentation repräsentierte, wurde der Gegner unerbittlich zurückgedrängt und schließlich zum Aufgeben gezwungen. Das imponierte ihm.

Der Professor saß also am Schreibtisch und schob Figuren über das Brett. Manchmal rasch hintereinander, dann wieder hielt er inne und überlegte, welche Absicht mit dem nächsten Zug verbunden war, welche Funktion ihm im Ablauf der Partie zukam. Und allmählich wurde er ruhig. Die Logik des Spiels schien die Wogen zu brechen, den Strom von Satzfetzen und brüchigen Ideen zu kanalisieren. Nun, da der Professor das Schachbuch zuklappte, Figuren und Brett vom Schreibtisch räumte, fühlte er, dass er der Verwirrung, die sein Denken befallen hatte, nicht mehr so ausgeliefert war, dass er ihr jetzt vielleicht eher entgegentreten könnte.

Am offenen Fenster spielte der Wind mit der

vorgezogenen Gardine. Ein Sommerwind. Nur wenig abgekühlt, trug er die veratmete Luft ins Zimmer, die seit Tagen auf das Tal drückte. Kein Stern war zu sehen. Nur der abnehmende Mond schimmerte durch das Netz der Atmosphäre, das sich wie eine Plastikhülle über die Erde stülpte.

Der Professor schien die Wanderung wieder aufnehmen zu wollen, die er mit dem Schachspiel unterbrochen hatte – auf und ab vom Schreibtisch zum Sessel, vom Sessel zum Schreibtisch. Sein Blick glitt über Bücherrücken, sporadisch drangen ihm einzelne Titel ins Bewusstsein. Doch er suchte kein Buch, obwohl genau besehen, unabhängig von dem Ereignis des vergangenen Tages, die vielleicht wichtigste philosophische Frage ihn bedrängte. Aber noch sträubte er sich, dem Drängen nachzugeben. Was sollte er, fünfzig Jahre alt, Professor der Philosophie, noch Neues über sich erfahren? Eine gewisse Verachtung gegenüber aller Selbstreflexion spielte zudem eine Rolle. Dennoch pochte es nun in ihm: „Was, was und wer ... bin ich?" Und der Professor spürte, dass er nicht umhinkam, sich dem zu stellen, sich selbst wie einem anderen gegenüberzutreten und sein Denken und Handeln, vielleicht sein ganzes Leben auf den Prüfstein zu stellen. Er setzte sich zurück an den Schreibtisch, legte Stift und Papier zurecht, stopfte seine Pfeife und rauchte. Schließlich begann er in unregelmäßigen Abständen zu schreiben: Der erste Satz ist immer ein Sprung ... Dann: Ist Ihnen nie der Gedanke gekommen, dass alles vielleicht nur ein großer Witz ist: die

Welt, die Menschen, unsere Gedanken ... alles?! Dass es zwar einen Gott gibt, doch er ist ein gigantischer Spaßmacher? – Satan rebellierte. Er fand, dieser Spaß gehe ein wenig zu weit. Folglich müsste uns der Teufel näherstehen als Gott ..." – „Hören Sie auf! Was reden Sie denn da!" – „Aber warten Sie doch, nur einen Augenblick! Ich verrate Ihnen noch etwas: Gott schuf den Menschen, dass sich dieser selbst vollende. So gab er ihm alles mit bis auf eine, die wichtigste, wahrhaft göttliche Eigenschaft: den Humor versagte er ihm. Darin lag der Hauptspaß für ihn. Hier sollte der Mensch schöpferisch werden, ihn sich selbst erfinden: den Sinn für universale Ironie. Die Menschen haben Sprechen, Schreiben und Lesen gelernt – dabei sollten sie das Lachen lernen!"

Unwillig legte der Professor den Stift aus der Hand. Spott und Verachtung zuckten in ihm. Er stellte sich vor, so zu einem Kollegen zu sprechen, einem Scholastikforscher von internationalem Ruf. Er dachte an einen anderen Kollegen und begann erneut zu schreiben:

– Wie Sokrates seinen Meister fand –
Mit einem ihm bis dahin unbekannten Mann hatte Sokrates auf den Stufen zum Tempel ein langes Gespräch über Wahrheit, Weisheit und die rechte Art zu leben geführt.

„Wollen wir aber", fragte er nun in seiner berühmten Hebammenmanier, „wollen wir den einen Weisen nennen, der zwar glücklich, aber unwissend ist – sofern das überhaupt möglich ist: Glück ohne zu wissen –, einen Menschen, der nicht die echten Tugenden erkannt hat, der nicht

trefflich über die Angelegenheiten des Staates und seiner Bürger zu reden vermag, und wollen wir etwa den einen Weisen nennen, dessen innerer Friede nicht auf der Erkenntnis der eigenen Unwissenheit, vielmehr auf ihrer Ignoranz beruht?" – „Warum nicht?" lautete die überraschende Antwort.

Sokrates lächelte beschämt. Zugleich fühlte er sich aufs tiefste befriedigt. Sokrates hatte seinen Meister gefunden. Es folgten kurze Notizen über Augenblicke im Leben, in denen alles aufzuhören und gleichzeitig alles von neuem zu beginnen scheint, über die Spannung zwischen Philosophie und Leben und darüber, dass man sich diesen Gott als ein kleines Kind über den Wolken vorstellen müsse, erfüllt von diebischem Vergnügen über die Welt; aber sehr einsam –

Währenddessen verstrich die Zeit, die Nacht war weit vorangeschritten. Der Professor trat ans Fenster und sah hinaus. Ein blasses Licht schimmerte kaum merklich in der Dunkelheit. Hier und da sah man die Lampe eines Badezimmers oder einer Küche. Noch einmal griff der Professor nach dem Stift und kritzelte rasch etwas hin. Dann verließ er das Zimmer, um sich Kaffee zu machen. Die Unruhe in seinem Kopf war nicht gewichen. Ideenblitze, Erinnerungen, Hoffnungen, Kommentare und Zitate: zusammenhanglos, ohne Thema, ohne inneren Bezugspunkt. Und er war müde, hatte kaum noch Kraft, sich gegen die Bilder und Worte zu wehren. Er kehrte an den Schreibtisch zurück, stopfte eine andere Pfeife und überflog, was er geschrieben hatte. Seine Schrift war unterschiedlich, hier eng und gepresst, dort in ungeduldigem, die Wörter kaum noch andeutendem Schwung übers Papier geführt.

Der Professor ergriff den Stift und wiederholte: Der erste Satz ist immer ein Sprung ... Dann setzte er neu an: Ein Schriftsteller entwickelt Charaktere, weil er an sich selbst nicht nah genug herankommt; entworfene Personen – misslungene Selbstentwürfe, Versuche, sich selbst schreibend zu erfassen. Figuren, die mit dem Autor nichts zu tun zu haben scheinen: aus der Unfähigkeit zu exakter Selbstbeschreibung, aus mangelnder Darstellungskraft ...

Doch er blieb unzufrieden. Was der Wirbel seiner Gedanken ihm bot, was ein wenig herausragte, versuchte er zu fassen und in Worte abfließen zu lassen. Philosophie, so schrieb er, Philosophie, die im Leiden endet, ist vielleicht wahr, aber schlecht. Philosophie muss zum Lachen bringen ... – Er zögerte, bevor er fortfuhr: „– was sie oft auch tut – leider ungewollt. Es geht nicht um Wahrheit, es geht darum, mit dem Leben und der Welt in Einklang zu kommen: um Weisheit. Wenn Leben Leiden ist, wäre die vornehmste Aufgabe für die Philosophie, darüber hinwegzutäuschen. In einer Konstruktion von Illusionen. Der Wert einer philosophischen Lehre liegt in ihrer Plausibilität, also darin, wie gut ihr die Täuschung gelingt ... Und er fügte hinzu: Einen Weisen nenne ich den, dem es keine Anstrengung bedeutet, aus tiefstem Ernst über alles zu lächeln, alles anzunehmen und nichts zu beherrschen. Aber das strich er sofort wieder durch.

Er kam nicht auf den Punkt. Es war klar, dass er sich vor seinem Thema drückte, dass er um die Sache herumschrieb. Der erste Satz ist immer ein Sprung. Was musste er nicht alles überwinden, bevor er den ersten Satz ertragen konnte! Sachlichkeit, Selbstgewissheit, Charakterstärke und Prinzipientreue und seine Eitelkeit ... Eine Nacht lang hatte er es vor sich hergeschoben. Jetzt wollte er ernst machen, und er begann: Ich bin lächerlich, ein lächerlicher Mensch. Wieder stutzte er. Klang das nicht allzu sehr nach Dostojewski? Aber es spielte keine Rolle. Jetzt schrieb er über sich, und was dabei auch herauskommen mochte, es war in jedem Fall seine Geschichte: Ich bin lächerlich, ein lächerlicher Mensch. Was gestern geschehen ist, hätte auch auf völlig andere Weise geschehen können; das Ereignis selbst, seine äußere Gestalt, ist bedeutungslos. Vielleicht ist wirklich schon alles gesagt mit dem Satz: Ich bin ein lächerlicher Mensch, und es ist etwas geschehen, das mir meine Lächerlichkeit zu Bewusstsein gebracht hat. Doch ich will es mir nicht zu leicht machen. Was ist geschehen, und was hat es in mir bewirkt? Welche Konsequenzen ergeben sich daraus? Zunächst einmal, dass ich nun hier sitze, eine durchwachte Nacht im Nacken, dass ich zum ersten Mal seit ich weiß nicht wie vielen Jahren versuche, über mich zu schreiben, dass ich zugeben muss: Ich bin ein lächerlicher Mensch. Lächerlich: Prof. Dr. phil. – ein Bürger, ein Spießer. Mein Arbeitstag umfasst gewöhnlich zehn bis zwölf Stunden. Vorlesungen, Seminare, Colloquien, Vorträge, Kongresse, Fachaufsätze ... Es ist wahr, dass man in der Philosophie nie an ein Ende gelangt. Für einen Berufsphilosophen heißt das vor allem, im Lesen an kein Ende zu kommen! Und inwiefern kann man hier von Arbeit sprechen? Man denkt nach: die Gedanken anderer, die Gedanken derer, die über jene nachgedacht und ihre Nachgedanken aufgeschrieben haben. Man versucht zu verstehen, Zusammenhänge zu erkennen, Widersprüche aufzudecken, Gründe zu finden. Man folgt der Spur menschlichen Denkens, hofft, dass man seine Gesetze entdeckt, und stößt doch immer wieder auf Grenzen. Man produziert, publiziert, nimmt teil am Gang der Forschung. Man analysiert und interpretiert, stellt Nachgedanken über Nachgedanken an, doch für wen? Immerhin wird es leidlich bezahlt – schließlich lehrt man ja auch –, ich sehe also ein, dass es nicht völlig sinnlos ist. Aber ist es ein Leben wert, mein Leben?

Heute ist etwas geschehen. Eigentlich war es gestern, doch ich habe nicht geschlafen, und so scheint es mir noch derselbe Tag zu sein. Diese Lächerlichkeit ist mir nicht neu. Sie stand in mir auf wie etwas, an das ich mich erinnern müsste. Und jetzt wird mir klar, dass ich früher, vor vielen Jahren schon ein solches Gefühl empfand, dass es über lange Zeit meine Selbsteinschätzung bestimmte, wenn es sich auch nur selten zu klarem Bewusstsein durchrang.

Wer beruflich mit Literatur zu tun hat, steht vor unscheinbaren, aber schwer zu überwindenden Problemen, sobald er etwas Persönliches schreiben will: Er gerät ins Disputieren und Fabulieren, er produziert einen Text. Ich spreche zu niemandem! Ich schreibe dies nur für mich! Und die wichtigeren Dinge werden sich nicht schreibend ereignen.

Ich spreche zu niemandem! Dann spreche ich vielleicht auch gar nicht? Oder: Ich spreche zwar, doch ich sage nichts? Wenn jemand etwas sagt, ist das ein Ereignis, und es geschieht etwas dadurch, dass er es sagt. Etwas wird anders als vorher. Wenn aber einer viel redet und nichts geschieht? Ich rede viel, ich sage nichts, ich bin ein lächerlicher Mensch. Es ist unerhört, über Lächerliches tatsächlich zu lachen. Aber womöglich sieht man die Lächerlichkeit überhaupt nicht? Wir lachen ja meistens aus dem falschen Grund. Wir lachen mit statt über jemanden.

Einmal in der Schule lachte die ganze Klasse mit mir. Ich hatte ein Referat vorgetragen und dafür eine Auszeichnung bekommen. Während ich sprach, kamen mir meine Sätze immer hohler, dünnflüssiger vor. Sie schienen mir schleimig aus den Mundwinkeln zu rinnen, und ich stellte mir vor, wie das aussehen musste: eine breiige Masse von Worten, die über mein Kinn rann und zu Boden tropfte. In meinen Ohren klang mein Referat so schal und nutzlos, dass ich mich schämte. Zugleich aber war ich unendlich belustigt: Alle lauschten! Der Studienrat hatte sein Kinn in die Hände gestützt und nickte nachdenklich mit dem Kopf. Schließlich überhäufte er mich mit Lob, die Klasse applaudierte, und ich bekam die beste Note angerechnet. Ich setzte mich, sah mich um, und mit einmal brach ein schallendes Gelächter aus mir. Ich trommelte auf den Tisch und krümmte mich vor Lachen. Und meine Mitschüler fielen ein. Sie mussten glauben, dass ich mich freute, dass ich deshalb lachte. Doch ich sagte nichts. Ich wusste, der Grund meiner Ausgelassenheit war etwas Unverschämtes, Verbotenes, Schädliches. Ich dachte noch einige Zeit daran, dann vergaß ich es wieder und versank im Sumpf des „alltäglichen Daseins".

Erst jetzt bemerke ich, wie ähnlich sich die Ereignisse sind! Doch da ist noch eine andere Erinnerung: Nach dem Abitur verbrachte ich einige Tage in einer Stadt, die als Studienort für mich in Frage kam. Als angehender Philosoph hatte ich mir eine gewisse Skepsis gegenüber geschlechtlichen Dingen zugelegt und noch keine erwähnenswerten Erfahrungen auf diesem Gebiet gemacht. Deshalb ging ich zu einer Prostituierten. Sie führte mich in ein kleines Zimmer, entkleidete sich und legte sich aufs Bett. Dann forderte sie mich auf, zu ihr zu kommen, denn ich stand noch bei der Tür und regte mich nicht. Meine anfängliche Scheu war gewichen. Ich fürchtete mich nicht; stattdessen empfand ich eine derart tiefgreifende Befremdung – gegenüber dieser Kammer, den Gegenständen, der Frau, mir selbst gegenüber –, dass ich mich unfähig fühlte, mich zu bewegen. Alles geschah mehr oder weniger mechanisch, und je länger es dauerte, um so befremdlicher kam es mir vor, bis es mich nur noch amüsierte. Während ich also auf dieser Frau lag und den Geschlechtsakt mit ihr vollzog, schien ich gleichsam von der Zimmerdecke herab zuzusehen, und mich überkam unbändige Lachlust bei dem Gedanken, dass für die meisten Menschen sich um diesen Vorgang beinahe alles drehte. Ich presste die Lippen zusammen, um nicht loszuprusten. Unterdessen spielte der „Akt" sich vollkommen normal ab, sozusagen unter meinen spöttischen Augen. Es war durch und durch grotesk. Doch auch die Erinnerung daran hielt nicht lange vor. Nach einiger Zeit verstrickte ich mich wie die meisten jungen Leute in Liebe, und vermutlich waren die Verstrickungen in meinem Fall noch um eine, sagen wir philosophisch-dialektische Note komplizierter als bei vielen anderen. So gab es in meinem Leben einige Situationen, in denen alle Dinge, ich selbst nicht ausgenommen, wie in Lächerlichkeit getaucht schienen. Mit den Jahren jedoch traten diese Momente immer seltener auf. Die Gesellschaft, die Universität, die Philosophie und meine eigene Person: alles betrachtete ich schließlich als eine höchst ernstzunehmende Angelegenheit. Bis heute.

Ich wiederhole: Heute ist etwas geschehen. Eigentlich war es gestern, doch ich habe nicht geschlafen, und so scheint es mir noch derselbe Tag zu sein. Eine kaum erwähnenswerte Begebenheit. Vermutlich hat sie sich so ähnlich schon öfter abgespielt, ohne etwas bei mir zu bewirken. Keine Ahnung, warum es heute anders war. In meinem Hauptseminar über Martin Heideggers „Sein und Zeit" begab sich heute folgender Zwischenfall: Ich hatte eben angekündigt, wir wollten uns nun der „am innerweltlich Seienden sich meldenden Weltmäßigkeit der Umwelt", also dem Paragrafen 16 zuwenden, da – ich hatte es kaum ausgesprochen – fing ein junger Mann, der mir vorher nicht aufgefallen war, fürchterlich an zu lachen. Er platzte vor Lachen. Sein Gelächter hallte von den Wänden wider, nie hatte ich einen Menschen so lachen gehört. Wenn es mir sonst keine Probleme machte, auf humorvolle Einlagen der Studenten einzugehen: jetzt erstarrte ich. Mein Gesicht gefror, mein Körper war gespannt, als drohte er im nächsten Moment in sich zusammenzufallen. Einige Teilnehmer grinsten, andere sahen den Störenfried entrüstet an, doch sowie sie meine ergraute, steingewordene Miene erblickten, duckten sich alle. Kein Fuß scharrte mehr, kein Kugelschreiber kratzte, kein Zettel knisterte. Der Lacher brach plötzlich und unvermutet ab. Er blickte einen Augenblick um sich, bevor er begriff, was geschehen war. Hastig raffte er seine Unterlagen zusammen und stürzte mit knallrotem Kopf hinaus. Jemand hustete, einige räusperten sich. Ich konnte die Diskussion fortsetzen. Doch ich tat es lustlos. Der junge Mann war gegangen, doch er ließ etwas zurück. Eine Lücke, wo er gesessen, ein Schweigen, wo er eben noch gelacht hatte.

Mit einer Geste der Endgültigkeit legte der Professor den Stift nieder. „Sein und Zeit", das Buch lag vor ihm auf dem Schreibtisch. Er hob es auf und wog es in der Hand. „Wie verrückt das doch ist", dachte er. „Man enträtselt eine Schrift. Und das ist dann das Leben."

Am Nachmittag hielt er wie gewöhnlich seine Vorlesung. Er wirkte an diesem Tag wacher, lebendiger als sonst. Im Hinausgehen hörte er, wie einer zum anderen sagte: „Also wirklich, dieser Prof. ist ein ganz ausgeschlafener Typ!" Doch am Abend übersandte er dem Dekan seine persönlichen Aufzeichnungen und fügte ihnen die Bitte hinzu, seine Entlassung zu erwirken.

„So war das also", sagte ich. „Ja", bestätigte der Professor, „so war das." Er nickte, und ich reichte ihm die handgeschriebenen Seiten zurück, die er mir während seines Berichts Stück um Stück zum Lesen gegeben hatte. Ich wusste nicht, wo ich hinsehen sollte.

„Kommen Sie", rief er, als er meine Verlegenheit bemerkte, „wir trinken noch etwas!" Er winkte die Kellnerin herbei und bestellte. „Wissen Sie", stotterte ich, „wie soll ich es erklären, es war nicht meine Absicht, ich meine, ich wollte doch nicht, dass so etwas geschieht ... Wer so verschraubt schreibt wie der Heidegger, der kann doch keine klaren Gedanken haben: so ungefähr ist es mir durch den Kopf geschossen, und dann, ich weiß nicht, was geschehen ist ... Mit einmal starrten alle auf mich ... Ich hörte furchtbares Lachen, und plötzlich wusste ich, dass ich es war: Es war mein Lachen! Glauben Sie mir, ich hatte nicht die Absicht, mich über Sie lustig zu machen, es war ein Missverständnis ..."

Der Professor grinste. „Vielleicht", sagte er, „aber im Grunde ging es ja auch gar nicht um Ihr Lachen."

Ewige Werte

Kein Bankguthaben hinterließ mein Vater mir, sondern sogenannte ewige Werte. Es ist leicht zu erraten: Er war Künstler, Komponist, um es genauer zu sagen. Nun scheint kaum etwas Schrecklicheres vorstellbar, als einen Künstler zum Vater zu haben, und doch ist noch eine Steigerung des Schreckens möglich, nämlich dass der Vater ein erfolgloser Künstler war. Und eben dies ist bei mir der Fall. Mein Vater war Zeit seines Lebens als Komponist völlig unbekannt und ist es auch nach seinem Tode geblieben.

Ein einziges Mal nur ist es ihm gelungen, eines seiner Werke zur Aufführung zu bringen. Es geschah durch ein Laienorchester im mäßig besetzten Besuchssaal des Städtischen Altenheims. Die Leute klatschten, wie es sich gehört, und mein Vater war sehr zufrieden, als bemerkte er nicht, dass sich das Publikum zur Hälfte aus Familienmitgliedern – völlig unmusikalischen Menschen, die nur aus Höflichkeit erschienen waren –, zur anderen Hälfte aus fast tauben Greisen zusammensetzte. Er hielt das Konzert für einen ersten kleinen Schritt zum Ruhm und verstand lange nicht, dass der Aufführung keine Anfragen, Angebote und weitere Premieren folgten.

Ein Musikprofessor, den ich um die Beurteilung der musikalischen Hinterlassenschaft meines Vaters bat und dem ich dazu einige Werke überließ, die ihr Urheber als besonders gelungen betrachtete, erklärte mir, von einigen überraschenden Einfällen ab-gesehen, handele es sich dabei um höchst dilettantische Versuche, die hinsichtlich Kompositionslehre und Orchestrierung keinerlei Geschick erkennen ließen. So betrüblich es sein mag, über einen Verstorbenen, zumal den eigenen Vater, ein solches Urteil fällen zu müssen: Offenkundig hat er sein Leben an eine Sache vergeudet, von der er so gut wie nichts verstand. Bleibt ein Dichter unbekannt, da ihm kaum Besseres einfällt als Liebe auf Hiebe zu reimen statt auf Triebe, wird niemand hinter seiner Erfolglosigkeit ein verkanntes Genie vermuten. Nun, von vergleichbarem Rang müssen die Leistungen meines Vaters auf musikalischem Gebiet gewesen sein. Kein Vorzeitiger ist er gewesen, kein Wegbereiter, in dessen Spur die Menschheit erst noch hineinwachsen müsste, vielmehr einer, der die Traditionen eher schlecht als recht kopierte, dessen Neuerungsversuche unglücklich genug und längst nichts Neues mehr waren.

Ihn selbst indessen hinderte das nicht, sich alle Unarten anzueignen, die man einem besonders Begabten, einem Begnadeten nachzusehen, zumindest nachträglich zu entschuldigen bereit ist, die man an einem Durchschnittsmenschen, wenn nicht gar offensichtlichen Versager, einem Scheiternden, in zugestanden tragischem Irrtum Befangenen jedoch als überaus lästig, rücksichtslos und unzumutbar zurückweisen muss. Mein Vater war launisch, unzuverlässig, trinksüchtig, an manchen Tagen unerträglich streitlustig, an anderen kränkelnd, mitleidheischend, wehleidig und aus nicht nachvollziehbaren Gründen bis ins Innerste verletzt. Hielt er sich selbst doch für einen bedeutenden Komponisten, so war er sich für jede andere Arbeit zu schade, und hätte nicht meine Mutter, eine nüchterne, tatkräftige Frau, für uns zu sorgen gewusst, so wären wir zweifellos zu einem Fall der Fürsorge geworden.

Was immer geschah, sein Künstlertum war meinem Vater Rechtfertigung genug, Rechtfertigung für Wutausbrüche, die er im Nachhinein als Verzweiflungsanfälle deklarierte, ebenso wie für wochenlange Depressionen, während derer er nicht aus dem Haus ging, keinen Appetit zeigte und kaum zwei Sätze täglich sprach, Depressionen, die ihm als die tiefste Quelle seiner Schöpferkraft, folglich als unantastbar galten. Es rechtfertigte seine Lust an Verschwendung – „Ich gebe alles, ein Künstler hat sich in allem zu verschenken" –, seine Unzuverlässigkeit und Unpünktlichkeit: „Ich muss spontan sein, frei, wie soll ich wissen, wo ich mich im nächsten Augenblick befinde. Die Musik ist ein Strom, in dem ich treibe, ohne zu wissen wohin ..." Auch dass er sich regelmäßig betrank, wusste er mit seiner musikalischen Berufung zu erklären: „Da ich mehr höre, sehe, verstehe als gewöhnliche Menschen, da ich mich unentwegt einer wahren Sturmflut von äußeren Eindrücken und inneren

Einfällen ausgesetzt finde, muss ich mich notwendig betäuben. Ich muss trinken, um handeln zu können, um ertragen zu können, um komponieren zu können. Ich muss trinken, trinken, immer wieder trinken, nicht um mich zu berauschen, sondern um dem Rausch zu entfliehen!"

Vor allem auch die Inkonsequenzen, die Widersprüche seines Verhaltens wollte er als Ausdruck seiner künstlerischen Existenz verstanden wissen. Dass er eine Familie gegründet hatte, an der er sehr hing und die er doch als Relikt seiner bürgerlichen Erziehung verfluchte, dass er, während seine Frau zur Arbeit ging, den Vormittag verschlief und sich dafür vor denselben Leuten schämte, die er doch als spießige Philister zutiefst verachtete. Dass er von all den Krämerseelen und Akademikergehirnen, auf deren Meinung er nichts gab, dennoch Anerkennung, Ehre, Ruhm, Erfolg begehrte. Dass er die Schmerzen, die ihn niederdrückten, liebte, da er sich nur in ihnen wahrhaft als er selbst empfand, und auch die beschämende Tatsache, dass Bier, Wein oder Schnaps ihn allzu oft einfach betrunken machten und in alles andere als einen produktiven Zustand versetzten, all das und vieles mehr hatte nach Auffassung meines Vaters seinen Grund und seine Entschuldbarkeit im Künstlerdasein. Ja, auch noch dieses zu verfluchen, war für ihn mit einem höheren Begriff von Künstlertum genauso vereinbar wie wochenlange Schaffenspausen, die sich in ausdrucksstarken Pausenzeichen seiner Notationen niederschlagen sollten.

118

Handelte es sich nicht um meinen Vater und hätte ich nicht selbst erlebt, wie er stundenlang, ganze Nächte hindurch schwitzend und frierend, verzweifelt oder glücklich am Klavier und über seinen Notenblättern grübelte, so käme ich nach all dem nicht umhin zu denken: Dieser Mann hat sich unter dem Deckmantel der Kunst ein überaus bequemes Leben bereitet, gefaulenzt, gesoffen und seinen Launen freien Lauf gelassen.

Warum nun meine Mutter, die wie gesagt von sachlich zupackender Art war, solch ein Leben mit ihm teilte, vermag ich nicht mit Sicherheit zu sagen. Ich weiß nicht, ob sie genau wie er an seine herausragende Begabung glaubte, ob sie vielleicht einmal daran geglaubt und später ihre Meinung geändert hat oder ob sie vielleicht nie davon überzeugt war. Auf jeden Fall waren sie einander in irgendeiner Art von Liebe zugetan. Obwohl sie sich ununterbrochen sozusagen im Kriegszustand befanden, ja offenbar einander nur begegnet waren, um sich gegenseitig zu stören – verkörperte doch jeder das genaue Gegenteil des anderen –, schienen sie doch aufeinander angewiesen, schien mein Vater sich vom realistischen Pragmatismus meiner Mutter, diese sich von seiner versponnenen, geradezu nutzlosen Phantasterei angezogen zu fühlen. Was einerseits leicht nachzuvollziehen – war doch mein Vater mitsamt seiner Kunst in höchstem Grade abhängig von der kunstlosen Vitalität seiner Frau –, wirkt in umgekehrter Richtung beinahe grotesk. Und doch hat meine Mutter meines Wissens nie ernsthaft daran gedacht, sich von ihm zu trennen, ihn seinem Glück oder Unglück zu überlassen.

Ihr allein haben wir zu verdanken, dass es uns finanziell leidlich gut ging, dass wir nie mit der Miete in Rückstand gerieten und uns auch am Monatsende nicht nennenswert einschränken mussten. Sie sorgte dafür, dass wir Kinder die Schule besuchten, zu Ende brachten und einen vernünftigen Beruf erlernten. In dem Zusammenhang ist auch das einzig Lobenswerte, das über meinen Vater gesagt werden kann, zu erwähnen: nämlich dass er nicht den unter vom Leben enttäuschten Vätern weitverbreiteten Fehler beging, für seine Kinder das zu erhoffen, was ihm selbst versagt geblieben war. Sei es aus Desinteresse, aus Einsicht oder auch, weil er in seiner nächsten Umgebung keine Mitbewerber um die Gunst der Musen dulden mochte: niemals hat er meiner Schwester und mir eine künstlerische Betätigung nahegelegt. Weder lernten wir, ein Instrument zu spielen, noch wurden wir angehalten, uns näher mit Musik, Malerei oder Dichtung zu beschäftigen. Was wir davon kennenlernten, wurde uns in der Schule vermittelt, in gänzlich illusionsloser Weise und ohne bei uns Enthusiasmus zu wecken.

Von mir kann ich sagen, dass ich hin und wieder gern ein Konzert anhöre, ins Theater gehe, auch mal ein Buch, bisweilen sogar Gedichte lese, dass ich mit

Vergnügen in großformatigen Kunstbänden blättere: all dies zur Entspannung und Zerstreuung, ohne dem allzu großes Gewicht beizumessen und vor allem, ohne dass ich je das Bedürfnis oder auch nur die Neigung verspürt hätte, in einer dieser Ausdrucksformen mich selbst einmal zu betätigen. Meine Schwester zeigte früh Vergnügen daran, mit Buntstiften, Kreide oder Wasserfarben kleine naive Bilder zu malen, und besucht auch heute noch regelmäßig Malkurse an der Volkshochschule. Allerdings hat sich dieses Hobby nie störend auf ihr familiäres – sie ist verheiratet und Mutter dreier Kinder – und gesellschaftliches Leben ausgewirkt. Mit der beängstigenden Kompositionsmanie unseres Vaters ist es überhaupt nicht zu vergleichen.

So ist von ihm nichts auf uns Kinder übergegangen, und einzig dafür schulden wir ihm Dank. Andererseits frage ich mich doch, ob diese teuflische Lust, die ihn trieb, nicht wie eine Krankheit vererbt werden kann, wie irgendein leibliches Merkmal. Seit einigen Tagen nämlich und auch jetzt, da ich dies niederschreibe, dringt aus dem Nebenzimmer, in dem das verstimmte Klavier meines Vaters Unterschlupf gefunden hat, schräges Geklimper herüber. Wenn mein Sohn sich nach den Schulaufgaben ein wenig mit Musik unterhält, dagegen wäre nichts zu sagen, doch – ich hoffe inständig, dass ich mich irre! – es scheint mir, dass er an

Frauen gibt es viele

Frauen gibt es viele. Frauen, die keinen Tag ohne auskommen, andere, die es gern tun, wenn es sich ergibt. Frauen, die nichts dagegen haben, die erdulden oder ertragen, und solche, die darunter leiden und es verabscheuen. Männer hingegen kenne ich nur zwei Sorten: die, die müssen und wollen, und die, die müssen und wollen, doch so tun, als müssten und wollten sie nicht. Helge stand zwischen ihnen, gehörte zur einen wie zur anderen Art, letztlich vielleicht zu keiner von beiden.

Von Anfang an sah ich in ihm einen außergewöhnlichen Mann. Und eine außergewöhnliche Begabung: an Literatur, Philosophie und Psychoanalyse ebenso interessiert wie an Verhaltensforschung und Evolutionstheorie. Und ohne dass er recht an Wahrheit glaubte, war ihm klar, dass er viel wusste, dass er schon viel verstanden und erfahren hatte. Eines Tages sagte er: „Was ich weiß, ist so tief gerutscht und so umfassend, dass ich es nicht mehr sagen kann", und er begann, Musik zu studieren.

Im Nachhinein wird es mehr und mehr unverständlich, was geschah. Es hätte auch alles anders kommen können.

Ich traf ihn zum ersten Mal im Foyer des Theaters, als den Freund meiner Freundin: jemand, der zwei Jahre jünger war als sie, alles für sie tat, hin und wieder ein Gedicht schrieb und Hermann Hesse las. Soviel ich von ihm wusste. Claudia lehrte ihn, dass Frauen anders sind als Männer, dass sie nicht das gleiche wollen, und das war, offen gestanden, auch für mich in gewisser Weise neu.

Helge spielte Klavier. Wir saßen häufig beisammen, er Claudia und ich. Später kam er dann auch allein. Seine Liebe war bedingungslos. In manchen Dingen war er von liebenswerter Unbekümmertheit, jedenfalls damals noch. Er war einfach da und liebte, voller Hingabe, mit klarem, geradem Willen. Sein Dasein war ungebrochen. Doch das änderte sich: Manchmal denke ich, er habe in wenigen Monaten ein ganzes Menschenleben durchschritten.

Claudia schrieb ihm einen Brief, der genügte, sie nicht wiederzusehen. Noch bevor er etwas verstanden hatte, wusste er doch, dass es zu spät war.

„Was soll das?" sagte ich. „Du bist doch nicht der Prototyp männlicher Unterdrückung!"

Er war tränenleer, hatte alle Verzweiflung und Hilflosigkeit aus sich hinausgeweint. Dann kamen die Gedanken. „Ich habe mir nie vorgestellt, dass Claudia anders empfinden könnte als ich. Dummheit und Egoismus – ich habe einfach nicht über mich hinausgedacht."

Übrigens hatten sie nie miteinander geschlafen. Das schien im Rückblick unglaublich, doch es stimmte, dass sie sich stets nur mit Streicheln und Aneinanderreiben befriedigt hatten. Dabei schien Claudia zu kurz gekommen zu sein. Sie empfand sich als

Sexualobjekt. Bis dahin kannte Helge das Wort nur im Umfeld von Pornographie und Prostitution. Nun schien Liebe nur ein anderer Ausdruck dafür. Helge erfuhr die Diskrepanz zwischen Absicht und Wirkung. Erstmals trat er in ein reflektiertes Verhältnis zu seinem Geschlecht. Er lehnte sich dagegen auf.

Ich, überrascht von dieser Entwicklung, hörte mich um und fand bestätigt, dass er zumindest Anlass dazu hatte. Viele Frauen ließen das Körperliche ihrer Beziehung zu einem Mann ohne Verlangen über sich ergehen. Sie trugen es als ihr Schicksal. Helge las „Das andere Geschlecht" von Simone de Beauvoir und Verena Stefans „Häutungen". „Wohin mit mir?" fragte er. Er onanierte, weil das niemandem wehtat.

„Weißt du, ich will nicht, dass eine Frau es meinetwegen tut, mag es auch noch so sehr aus Liebe geschehen. Wenn sie es nicht für sich selbst will, will ich es auch nicht." Dass ich anders dachte als viele andere Frauen, zählte nicht. Ich stand außerhalb, irgendwie neutral, ein Neutrum.

Helge packte einen kleinen Rucksack und fuhr für einige Tage per Anhalter in Städte der Umgebung. Die Begegnung mit Susanne bestärkte seine Selbstablehnung. Verbittert riss sie ihm ein Brusthaar aus, als sie zusammenlagen. „Wohin mit mir?" Helge witzelte über eine Blockhütte tief im Wald. Es war deutlich, was er meinte. „Angenommen", sagte ich, „jemand liebt dich oder ist angewiesen auf dich ..."

Er begann sein Musikstudium und übersiedelte in die Stadt. Ein Brief kam erst nach Monaten. Er schrieb:

„Liebe Freundin, seit unserem letzten Beisammensein ist viel Zeit vergangen, Zeit, in der mich Dinge wie die Einrichtung meines Zimmers und die Gewöhnung an das Universitätsleben in Anspruch nahmen. Letzteres allerdings wird mir wohl nie ganz gelingen. Nun, ich bin zu Hause nicht untätig und verbringe viel Zeit am Klavier, mehr als je zuvor. Aber ich denke, die lange Trennung verlangt es, dass ich weiter aushole, um Dir meine Situation nahezubringen.

Mit jenen Ereignissen kurz vor meiner Abreise in die Stadt trat ein Zug in mein Wesen, den ich damals nannte: das andere, das stets einen Schritt weiter geht. Hatte ich einen Gedanken, den ich für richtig hielt, stellte er sich schon wieder selbst in Frage, widerlegte sich, so dass in kurzer Zeit meine Gedankentätigkeit sich in Negationen belief. Was ich suchte, obwohl es sie für mich nicht gab, war Ruhe. Ruhe finden und mich zu ihr setzen – greisenhaft. Nur langsam lernte ich, diese Art von Philosophie, das Suchen, zu akzeptieren und darin ruhig zu sein. Ich will, dass Widersprüche, die unlösbar sind, ungelöst bleiben! Wie die tiefen Wahrheiten der Philosophie: Ich weiß, dass ich nichts weiß, Alles ist relativ, Von jeder Wahrheit ist ihr Gegenteil ebenso wahr, Es gibt keine absolute Wahrheit, die alle einen Widerspruch in sich enthalten und so doch nur dazu beitragen können zu bekennen: Ich weiß es nicht, und diese Beschränkung anzunehmen. Der Grundzug des Menschen besteht in Einsamkeit, Angst und Ungewissheit, und alle ideologischen oder religiösen Versuche, dem zu entgehen, bleiben letztlich unzulänglich. Ich denke, dass die bewegenden Probleme der Menschheit uralt sind und sich nur immer wieder in wechselnden Gewändern darstellen, und ich denke, dass diese Ängste lebbar sind. Menschen, die Gewissheit haben, machen mich traurig, ich verspüre einen Hang zu den Schwachen. Es gibt für mich keinen Maßstab mehr, und ich enthalte mich aller Bewertung. Alles ist gleichgültig: gleich gültig. So muss ich mich mit meiner Weltanschauung, meiner Art, die Welt anzuschauen, begnügen und wünsche mir oft nichts als ein Gras unter dem Himmel, in dem ich liege und träume: to die, to sleep – no more. Demütig vor dem Ganzen. Das Unfassbare, Unerfahrbare liegt in der Summe alles Erfahrbaren: im Sein aller Dinge. Meine Worte reichen nicht an das, worum es mir geht. Ich war oft nahe der Verzweiflung in den letzten Monaten, ehe ich akzeptierte, dass es keine endgültigen Lösungen gibt, und auch jetzt habe ich nur selten eine Stunde der Ruhe. Worte! Ich werde Dir mein Lied zur Nacht vorspielen, und Du wirst ein wenig verstehen."

Es gibt keine endgültigen Lösungen, und es gibt verschiedene Frauen. Seit einiger Zeit lebte Helge mit Gudrun zusammen, und es schien, dass sie die meiste Zeit ihres Beisammenseins im Bett verbrachten. Helge verstand, was Frauen wollen können. Doch in allem, was er tat, blieb sein Geist rastlos auf der Suche. Nur selten geschah es in einem Orgasmus, was er sich sehnlichst wünschte: Er verlor das Bewusstsein.

Nach der Trennung von Claudia hatte er bemerkt: „Wirklich verliebt sein kann man vielleicht nur ein einziges Mal. Denn es gehört eine Spur Naivität dazu, die man leicht mit der ersten Enttäuschung verliert."

Ich bekam eine Fahrkarte und eine Einladung zu seinem ersten Konzert. „Selbstverständlich wohnst du bei uns." Helge hatte das Studium abgebrochen.

Auf dem Bahnhofsvorplatz hingen Plakate mit seinem Namen: Kompositionen für Gitarre und Klavier. Gudrun holte mich ab, sie kannte mich von Fotos.

„Helge ist zur letzten Probe im Konzertsaal. Er kommt im Laufe des Nachmittags." Gudrun und Helge hatten sich durch Helges Musikpartner kennengelernt. Nur allmählich entwickelte ihre Freundschaft sich zu etwas, das man Zusammensein von Mann und Frau nennen konnte. Mit ihr zu schlafen, musste Gudrun ihn fast überreden. „Inzwischen ist es sehr schön für uns." Gudrun sagte es mehr zu sich selbst als zu mir. Helge sprach nicht viel. Seine philosophische Gleich-Gültigkeit neigte zu Apathie.

Das Konzert war ein großer Erfolg. Erregt und aufgewühlt kamen wir spät nach Mitternacht nach Hause. Tatsächlich war es Helge, der mich bat, bei Gudrun und ihm zu schlafen. Mit ihnen zu schlafen, zu lieben, zu feiern. Als die Müdigkeit uns überkam, wurde es bereits Tag. Doch ich schlief lange nicht ein, glücklich, dass ich kein Neutrum mehr war.

Ich erwachte als letzte und kann nur wiedergeben, was ich gesehen habe, noch halbtrunken im Schlaf.

Helge lehnte an der Tür zum Bad. „Ich habe es getan", stieß er hervor, eine Hand vor die Hose gepresst, die sich rot färbte.

„Nein." Gudruns Stimme klang tonlos.

Er fiel vornüber durch die offene Tür, glitt an der Frau nach unten und schlug hart auf dem Fußboden auf. Helge war kastriert.

Orthografie

Der Arbeitsplatz des Herrn Franz war im Hinterzimmer zum Bureau des Direktors. Das hatte den Vorteil, dass er nicht gestört wurde von den zahllosen Kunden, die zum Direktor vorgelassen zu werden wünschten. Andererseits war es allerdings von Nachteil, dass weder Franz irgendjemanden noch irgendjemand ihn je zu Gesicht bekam.

Er arbeitete gründlich. Seine Aufgabe bestand darin, Rechnungen auf Fehler hin zu untersuchen und wenn nötig zu korrigieren. Obwohl ihm noch nie eine fehlerhafte Berechnung vorgelegen hatte, gestattete er sich darin keine Nachlässigkeit, denn er konnte nie völlig sicher sein, nicht doch etwas übersehen zu haben. Weshalb er sich auch nicht mit einer Kontrolle begnügte, sondern jede Akte dreimal durchging, bevor er sie freigab. So war Franz zugleich der sorgfältigste und bescheidenste Mitarbeiter im Institut, und er hegte keinen Zweifel, dass die Vereinigung so wertvoller Eigenschaften an höherer Stelle nicht unbemerkt bleiben könne.

Eines Tages, als Franz schon beinah glaubte, in Vergessenheit geraten zu sein, geschah es, dass er zum Direktor gerufen wurde. Die Verbindungstür, die er bislang nur verschlossen kannte, wurde einen Spalt weit geöffnet, und eine Frauenstimme rief von drüben nach ihm: „Herr Franz, der Direktor möchte Sie sehen!"

„Der Direktor möchte Sie sehen!" – Das war so viel wie „Er hat den Wunsch" oder „Er bittet Sie, Herr Franz!" Franz legte seinen Stift beiseite und trat hinter dem Schreibtisch hervor. Mit geübtem Griff richtete er die Krawatte, zog seinen Anzug straff. Dann schob er vorsichtig die Tür auf und überschritt, das Kinn demütig auf die Brust gedrückt, die Schwelle zum Bureau des Direktors. Dort wurde er bereits erwartet.

„Treten Sie ein, Herr Franz, nur keine Scheu!"

Der Direktor, ein großgewachsener Mensch mit einer kraftvollen Stimme, kam ihm entgegen und zog ihn am Ärmel zum mächtigen Direktorenpult, an dessen Kante lässig ein anderer Herr lehnte, ein Abteilungsleiter, den Franz früher einmal kennengelernt hatte. Er blickte Franz wohlwollend an, gleichzeitig die dicke Zigarre prüfend, die er zwischen den Fingern hielt. Die Frau, die Franz gerufen hatte, war verschwunden.

„Tja, mein lieber Franz", begann der Direktor, „wir haben da ein Problem, nur eine Kleinigkeit, aber Sie wissen ja: Es sind die Kleinigkeiten, an denen das Leben hängt."

Franz zitterte vor Erwartung. Wenn es ihm jetzt gelänge, die Hoffnungen des Direktors zu erfüllen, wären die Jahre mühevoller Arbeit nicht umsonst gewesen.

„Es ist mir eine Ehre", sagte er, „behilflich sein zu können."

„Das ist nett, das ist nett ... Es ist wirklich nur eine

Kleinigkeit. Der Herr Abteilungsleiter und ich haben eine Meinungsverschiedenheit, die Sie, dessen bin ich sicher, schlichten werden. Es geht um die Rechtschreibung des Wortes zusammenhalten. Der Herr Abteilungsleiter behauptet, es müsse aneinander geschrieben werden, ich denke, dass es zwei Wörter sein müssen. Was ist Ihre Meinung? Der Satz lautet: Wir müssen in dieser Angelegenheit fest zusammenhalten."

Dieser Sachverhalt machte die Situation für Franz schwieriger, als er erwartet hatte. Unmöglich konnte er bei dieser ersten Begegnung den Direktor eines Irrtums überführen und dem Abteilungsleiter recht geben, auch wenn dieser im Recht war. Andererseits durfte er auch nicht ohne weiteres dem Direktor zustimmen, denn es wäre ein leichtes gewesen, sie beide durch den DUDEN zu widerlegen, und das hätte der Abteilungsleiter sich auch keinesfalls entgehen lassen. Der einzige Ausweg, fand Franz, war es, den Fehler des Direktors auf sich zu nehmen und dann sich selbst eines Besseren zu belehren. Nur so war der Konflikt zu lösen, ohne den Direktor zu kränken und ohne sich dem Triumph des Abteilungsleiters auszusetzen zu müssen. Also gab er dem Direktor recht: „Ich bin Ihrer Meinung, Herr Direktor. Es muss in zwei Wörtern geschrieben werden: zusammen und halten. Aber wenn Sie gestatten, werde ich mich im DUDEN vergewissern, damit auch der Herr Abteilungsleiter überzeugt ist."

„Das ist eine ausgezeichnete Idee, Herr Franz!

Seien Sie so gut."

„Augenblicklich, Herr Direktor."

Franz nickte den beiden Herren zu und ging zurück in seine Kammer, um im DUDEN nachzuschlagen. Die entsprechenden Stellen fand er schnell. War er noch ein wenig unsicher gewesen, so sah er nun seine Befürchtung bestätigt: Der Direktor hatte sich geirrt. Das aufgeschlagene Buch in der Hand betrat Franz aufs Neue das Bureau.

„Ich bitte vielmals um Entschuldigung, meine Herren!" rief er in geheuchelter Bestürzung. „Ich habe mich geirrt." Und noch im Gehen begann er vorzulesen: „Zusammenhalt; zusammenhalten – ein Wort; die beiden Freunde haben immer zusammengehalten; aber zusammen halten – zwei Wörter; sie werden den Baumstamm zusammen halten. Vergleiche zusammen und R 139!"

Den Daumen der linken Hand hatte Franz zwischen die bezeichneten Seiten gelegt, so dass er jetzt mit einer knappen Bewegung zurückblättern konnte zu der angegebenen Regel. Er sah einen Augenblick auf in die Gesichter der Männer, die jetzt beide rauchten.

„Zusammen", fuhr Franz fort, „schreibt man, wenn durch die Verbindung zweier Wörter ein neuer Begriff entsteht, den die bloße Nebeneinanderstellung nicht ausdrückt ... Getrennt schreibt man, wenn zwei zusammenhängende Wörter noch ihren ursprünglichen Sinn bewahrt haben. – Es tut mir leid, ich habe mich geirrt", sagte er nochmals und fügte hinzu: „In

132

diesem Fall wird zusammenhalten zusammenge-
schrieben. Es ist ein Wort!"

Vor ihm teilten sich die nebligen Wolken, und wie
in weiter Ferne tauchten der Direktor und der Herr
Abteilungsleiter darin auf, als setzten ihre Gesichter
sich gerade neu zusammen, formierten sich aus dem
Zigarrenrauch zu einem Ganzen, das vorher, während Franz aus dem DUDEN abgelesen hatte, noch
nicht existierte, so dass er inmitten von Nebel also nur
sich selbst vorgelesen, dass niemand sonst seine
Stimme gehört hätte. So einsam fühlte sich Franz auf
einmal in der Stille, die seinen Worten folgte. Doch sie
währte nicht lange, da brach schallendes Gelächter
über ihn herein. Die beiden Männer schütteten sich
aus vor Lachen.

„Natürlich!" donnerte der Abteilungsleiter, und
seine Stimme, die an Macht der des Direktors nicht
nachstand, fegte die Rauchschwaden unter die Decke.
„Natürlich ist es ein Wort, Sie Komiker! Denken Sie
denn, das wüssten wir nicht? Und wenn, meinen Sie,
wir fragten gerade Sie danach? Es ist nicht zu fassen
–"

Er brach mitten im Satz ab und krümmte sich. Nur
sein Zeigefinger blieb starr auf Franz gerichtet, als
sollte er sagen: „Seht ihn euch an, diesen Clown! Ich
muss lachen, wenn ich ihn nur sehe!" Und erst jetzt
vernehmlich, mischte sich in das raue Gelächter der
Herren das gläserne Kichern einer Frau, die hinter
den Männern verborgen alles mitangehört haben
musste.

Franz hatte den DUDEN zugeklappt. Mit offenem Mund starrte er auf die Menschenbündel, die sich bei seinem Anblick wanden. Ein kurzer Anflug von Zorn schlug um in Schamesröte, Tränen stiegen ihm in die Kehle. Mit schleppenden Schritten kehrte Franz zurück in seine stickige Kammer, und da die Tür nicht ganz geschlossen wurde, brauste in seinen Ohren noch lange das grausame Lachen aus dem Bureau des Direktors. Und hätte dort jemand ein Ohr, er könnte aus dem Hinterzimmer den Herrn Franz hören, wie er schluchzt: das Gesicht in Papieren vergraben, ohne es zu wissen, leise in sich hinein.

Das Alibi

Viele Dichter brauchen ein Alibi. Sie sind Angestellte, Taxifahrer, Studenten oder Elektroinstallateure. Das Schreiben, so scheint es, rechtfertigt nicht, dass sie sind. Nach außen, wie sie sagen. Ich meine: nach innen. Intuitiv und ohne es je auszusprechen oder auch nur zu denken, spüren sie, dass sie nicht genug, nicht stark genug Dichter sind, um damit ihre Existenz zu begründen. Es fehlt ihnen an Überzeugung. Für mich hingegen war das Schreiben ein Alibi. Darauf gründete ich mein Dasein. Die Luft zum Atmen, die Genüsse, die ich genoss, den Raum, den ich einnahm, fand ich hinlänglich vergütet durch die Dichtungen, die ich verfasste. Mein Werk, und somit auch ich, erfuhr vom Publikum genügend Anerkennung. Ich war demnach, sowohl nach außen als auch in meinem unbescheidenen Selbstbildnis, ein Dichter, ein Schriftsteller, der es verdiente, einer zu sein.

Da gab es zum Beispiel einen Bankbediensteten in meiner Umgebung, der mir nach langem Zögern eingestand: „Eigentlich bin ich ein Dichter." Und er meinte: „Genau wie Sie! Es ist nur wegen der Leute, wegen des Geldes, wegen ich weiß nicht was, dass Sie mich hier am Schalter sehen den Bürger spielen. Erst am Abend beginne ich zu leben, am Wochenende, im Urlaub, erst dann, wenn ich am Schreibtisch sitze, bin ich eigentlich ich." Und ich lernte viele Menschen kennen, angesehene Frauen und Männer in praktischen Berufen, mit konkreten Aufgaben, deren Erledigung uns allen jeden Tag zugutekommt, die hinter vorgehaltener Hand offenbarten, eigentlich seien sie Dichter oder Maler oder Musiker, jedenfalls Künstler und alles andere als eine biedere Arbeitsbiene. Vielmehr verabscheuten sie aus tiefster Seele das geregelte, ausgefüllte Leben, das sie mit so vielen anderen teilten.

Ich hegte schon immer einen auch nicht verschwiegenen Respekt für solche ehrenhaften Existenzen, vom Müllfahrer bis zum Abteilungsleiter, ohne die mein Leben und das vieler anderer gar nicht möglich gewesen wäre. Mit meinen Schriften leistete ich lediglich Tribut für die unzähligen Annehmlichkeiten, die mir von ihrer Hand zuteilwurden. Deshalb konnte ich jene Doppelwesen nie verstehen, die einen sinnvollen Beruf ausübten, ihre Berufung jedoch auf ganz anderem Gebiet verspürten. Sie traten mir als Angestellte entgegen, doch eigentlich waren sie Dichter. Ich begegnete ihnen als Dichter, doch was war eigentlich ich eigentlich?

Meine Dichtung war ein Alibi, ein langer Schatten der Vergangenheit, und als ich das entdeckte, war ich erschüttert, zugleich aber auch ein wenig erleichtert, denn diese Feststellung beraubte mich zwar meiner Existenzberechtigung, doch sie nahm auch den Zwang von mir, der seit langem meine literarische Produktion diktierte.

Die Entdeckung, von der ich spreche, fiel in den

letzten Sommer. Ich war am Abend ausgegangen, Kaffee zu trinken, um mit Einbruch der Nacht gestärkt und beruhigt eine Erzählung zu Ende zu bringen, die ich tags zuvor begonnen hatte. Nun, die Erzählung wurde nicht vollendet, nicht einmal das Fragment ist mir erhalten geblieben.

Das Café, in das ich gegangen war, blieb bis auf wenige Plätze unbesetzt. Der laue Sommerabend lud ein, sich an den Tischen draußen zu versammeln. Von meinem Fensterplatz konnte ich ungestört das Treiben betrachten und auch schon Gedanken für die Fortsetzung meiner Erzählung zusammenfassen. Ich weiß noch, dass ihr Fortgang mir in groben Zügen klar war, und ich hätte mich ganz dem Ausmalen der Einzelheiten widmen können, wenn ich mich an meinen Arbeitstisch begeben hätte. Doch es kam nicht mehr dazu.

Um es kurz zu machen: Ein Brand hatte meine Wohnung völlig zerstört. Seine Ursache ist mir bis heute unbekannt, eine Unachtsamkeit vermute ich, doch lasse ich mich bisweilen zu der Vorstellung verleiten, der Feuergott habe mich heimgesucht, um meinem Leben eine andere Richtung zu geben. Wie sollte ich mich je vollends befreien können von meiner *passione passata*!

Zwei Feuerwehrleute wachten vor der Wohnungstür. Von Nachbarn herbeigerufen, habe man das Mögliche versucht, wie sie versicherten, doch habe das Feuer mit unerklärlicher Eile um sich gegriffen und nur das Überspringen auf die angrenzenden

Wohnungen und auf das Treppenhaus sei noch zu verhindern gewesen. Nach anfänglichen Bedenken ließ man mich eintreten. Die Wohnungstür hing ohnehin schwarz und hilflos in den Angeln. Mit einem Schritt befand ich mich inmitten eines Trümmerfeldes, das hoffnungsloser nicht zu denken ist. Nur mit Anstrengung erkannte ich, wo meine Möbel gestanden hatten. Asche und Splitter von Glas, Stofffetzen, verirrte Sprungfedern boten sich meinen Augen dar. Ich war entsetzt. Die Bibliothek ohne Erbarmen niedergebrannt, mein Lebenswerk, die gedruckten und gebundenen Bände, die meinen Namen trugen, die unvollendeten, unbearbeiteten Manuskripte, Entwürfe und Gedanken, allesamt Unikate, waren vernichtet, meine Vergangenheit, Gegenwart und Zukunft – wie ich damals glaubte: mein Leben. Inzwischen weiß ich, dass es nur die Vergangenheit war, dieses gierige, schwarzschattige Tier, was im Feuer den Tod gefunden hat.

Die Herren von der Feuerwehr versprachen, die Nacht über achtzugeben. Ich nahm ein Taxi und fuhr in ein Hotel. Doch ich fand keinen Schlaf. Die Dichtungen, die verloren waren, schienen mir persönlich unersetzlich und, ich gestehe es, ebenso unentbehrlich dem Bestand der Weltliteratur. Ich litt, wie jemand leiden mag, dem die Mittel, die Welt mit einem Schlag in ein Paradies zu verwandeln, ungerechterweise abhandengekommen sind. Das ist nicht übertrieben, hielt ich doch die Publikation meiner Schriften für entschieden wertvoller als eine praktische

Veränderung der Welt, die doch stets endlich bliebe, während jedes meiner Werke an Ewiges rührte, Ewigkeit war.

In Wahrheit jedoch war es nicht diese Sorge, die mich noch einmal auf die Straße trieb. Es war eine tiefere, persönliche Angst. Ich versuchte, sie mit Alkohol zu betäuben, doch gelang es nicht. Gegen Morgengrauen, die letzten Lokale hatten geschlossen, ging ich hinunter an den Fluss. Es war zu jener Stunde absoluter Stille, da die letzten schlafen gegangen, die ersten noch nicht aufgestanden sind. Ich setzte mich auf eine Bank, rauchte eine Zigarette und blickte aufs Wasser, wie es trüb und schwer stromabwärts wogte. Eine Nacht aus meiner Jugend tauchte auf, in der ich ähnlich wie nun am Fluss gesessen hatte. Und wie damals erkannte ich das ganze Leben, die ganze Geschichte in dieser dunklen, gleichmäßig atmenden Brühe: unaufhörliches Kommen und Gehen, stete Gegenwart, unfassbare, undurchdringbare Tiefe, aus der Blasen steigen, die wie Farbtupfer durch die Oberfläche brechen und wieder zusammenfallen, ohne eine Spur, ohne eine Erinnerung zu hinterlassen. In jener weit zurückliegenden Nacht schrieb ich zum ersten Mal ein Gedicht, ein Gedicht von brüchiger Form, stolperndem Ausdruck und doch von später nie wieder erreichter Reinheit des Gefühls, der Ahnung und Erkenntnis. Die Verse habe ich vergessen, aber nicht jene Nacht. Und sie stieg vor mir auf im Morgengrauen, stieg auf wie die Blasen im Wasser, das gleichmütig die Steine am Ufer umspülte.

Die Erinnerung erfüllte mich mit tiefer Ruhe. Die Angst entwich, ich gewann die Gewissheit: mein Leben als Dichter war nichts mehr als Spiegelfechterei. In den Jahren meiner Jugend bin ich Dichter gewesen, und dann hatte ich mich als Dichter etabliert. Dass ich gestern gedichtet hatte, band mich für das Heute und Morgen. Die unbestrittenen Meisterwerke, die neuen, noch flüchtigen Ideen verpflichteten mich zum nächsten Buch. Die Dichteridentität verlangte Gedichte von mir. Ich hatte mich überlebt! Damit trat mein ganzes Leben als Frage vor mich hin, als unbestimmte Aufgabe. Doch fiel auch der Zwang von mir, poetisch zu fühlen, zu denken, zu leben. Und Freude beschlich mich, wie jene Angestellten, die eigentlich Dichter sind, entzückt sein müssen, wenn ohne ihr Zutun das Büro in Brand geraten ist.

Die Vorstellung

Darf ich mich vorstellen? Darf ich mich verstellen? Vorstellung, Verstellung, Illusion und Wirklichkeit, das ist bei mir ein und dasselbe. Denn, Sie erraten es, ich bin Schauspieler. Natürlich, denken Sie. Sie haben nichts anderes erwartet. Schließlich: Sie suchen Schauspieler, und wäre ich keiner, warum sollte ich dann bei Ihnen vorsprechen? Und doch ist es von Bedeutung, wenn ich mich Ihnen als Schauspieler bekanntmache: Wie viele nennen sich nicht so, ohne es zu sein, ich meine, ohne es wirklich zu sein! Sehen Sie, die meisten halten die Schauspielerei für einen Beruf, den man hat wie irgendeinen anderen. Darum spielen sie nur im Film und auf der Bühne, und offen gesagt, selbst da spielen sie schlecht. So jemand ist nicht das, was Sie brauchen. Sie brauchen einen Darsteller für die Bühne und für das Leben, wenn Sie gestatten, dass ich es so ausdrücke, keinen Spezialisten für ausgesuchte Rollenfächer. Selbstverständlich, und ich vermute, das ist Ihre Absicht, können Sie ein ganzes Ensemble engagieren, um für jede Szene einen Akteur zur Verfügung zu haben. Aber ist es nicht einfacher und bequemer, jemanden wie mich einzustellen, jemanden, der jede denkbare Rolle beherrscht – und mehr noch?

Ich sehe, ich habe Ihr Interesse geweckt. Vielleicht

wundern Sie sich, dass ich Ihre Wünsche so genau errate? Das ist nicht so erstaunlich, wie es scheint. Sie sind nämlich keineswegs ein Einzelfall. Vielen Leuten geht es wie Ihnen – Menschen wie ich sind sehr begehrt. Auf den ersten Blick mag es scheinen, als gebe es von meiner Sorte mehr als genug. Aber ich warne Sie vor den Scharlatanen! Die finden sich in meinem Beruf wie in jedem anderen, Quacksalber, die mehr versprechen, als sie halten können, und leider sind sie bei weitem in der Überzahl. Herr Direktor, Sie können sich nicht glücklich genug schätzen, dass ich mich bei Ihnen um ein Engagement bemühe. Ich übertreibe nicht, denn was ist ein Theater ohne gute Akteure, und es kann kein Zweifel bestehen, dass ein herausragender Künstler wie ich tausendmal mehr wert ist als ein Dutzend der gewöhnlichen Stümper, die allerorten die Bretter bevölkern.

Sie müssen mein Eigenlob verzeihen. Es ist ein Mittel, um Sie für mich einzunehmen, das ist wahr, aber ich benutze es doch nur, weil ich mich um Sie sorge und verhindern will, dass Sie anderen auf den Leim gehen. Denn Ihr Leben ist unausweichlich der Katastrophe verschrieben, wenn Sie es Schauspielern anvertrauen, die nichts taugen!

Früher war ich bescheiden. Doch wozu hat es geführt? Ich musste miterleben, wie schamlose Kollegen die Arglosigkeit ihrer Opfer ausnutzten und sie mit billiger Gaukelei in den Wahnsinn trieben. Ein Mime wie ich ist selten geworden. Dabei kann kaum noch jemand ohne ihn auskommen. Es bleibt mir nichts übrig, als meine Scheu abzulegen und selbst auf meine Vorzüge hinzuweisen. Sonst tappen auch Sie in die Falle meiner sogenannten Kollegen. O ja, diese Schmierenkomödianten machen zunächst einen guten Eindruck. Doch rasch verbrauchen sie sich, ihr Spiel verliert an Lebendigkeit, die Farbe blättert von den Kostümen, und ehe Sie sich's versehen, sind Sie entlarvt! Bei mir ist so etwas noch niemals vorgekommen, obwohl ich auf eine lange Erfahrung zurückblicken kann. Und ich werde nicht etwa nachlässig und gebrechlich mit den Jahren, nein, ich werde immer besser!

Ich habe Sie nicht überzeugen können? Das ist verständlich. Schließlich habe ich so viel von meinen besonderen Qualitäten gesprochen, ohne sie näher zu erklären. Es mag Ihnen aufgefallen sein, dass ich mich nicht darin ergehe, Ihnen zu schmeicheln, Herr Direktor. Tatsächlich sehe ich dazu auch keinerlei Veranlassung. Allerdings gratuliere ich Ihnen, wenn Sie sich für mich entscheiden. Das spräche für Sie. Ich weiß, was ich vermag. Ob aber Sie gute Arbeit von schlechter unterscheiden können, das muss sich erst erweisen. In diesem Sinne befinden also Sie sich auf dem Prüfstein, nicht ich, wie man vielleicht annehmen könnte. Doch keine Angst! Noch nie habe ich mir aufgrund solcher Abhängigkeit, die meinen Direktor – anders als üblich – an mich, den Angestellten, bindet, nie habe ich mir deshalb eine Überheblichkeit zuschulden kommen lassen. Ich habe stets den nötigen

Respekt gewahrt, das gehört zu meiner Rolle.

Ich will versuchen, Ihnen klarzumachen, von wie großer Wichtigkeit ich für Ihre weitere Arbeit bin. In der Tat bin ich Ihnen unentbehrlich. Ich bin kein gewöhnlicher Schauspieler. Ich habe schon erwähnt, dass die meisten die Schauspielerei ausüben wir irgendeinen Beruf. Sie nennen sich Schauspieler, ohne es wirklich zu sein. Sie haben den Beruf, doch sie sind es nicht: Schauspieler. Bei mir ist das anders: Ich kenne keine Trennung von Leben und Beruf. Sie sind eins für mich. Ich spiele auf der Bühne ebenso wie hinter den Kulissen, auf der Straße wie im Parkett des Zuschauersaals. Schauspieler, das ist nicht ein Beruf, den ich habe, sondern ich bin es!

Ich sehe, dass dergleichen Ihnen vorschwebte. Nicht wahr, das kommt Ihren Erwartungen sehr nahe? Aber hören Sie weiter, ob ich nicht Ihre Hoffnungen noch übertreffe. Denn auch das, was ich gerade gesagt habe, trifft noch nicht das Entscheidende. Klänge es nicht paradox, müsste man sagen: Strenggenommen gibt es mich überhaupt nicht. Ich bin stets die Rolle, die ich spiele, aber ich bin sie ja nicht, sondern spiele sie nur. Vielmehr: Ich werde gespielt. Es ist nicht etwa so, dass ich in jede Rolle hineinzuschlüpfen verstehe, sie mir überstreife, mich einfühle, bis ich ganz mit ihr verschmelze – das ist die Methode der Amateure. Nein, die Rolle ergreift Besitz von mir. Sie befällt mich, dringt in mich ein und stopft mich, meine körperliche, gedankliche und seelische Hülle mit sich aus. Nicht ich spiele sie, sondern die Rolle spielt mich. Das wahre Geheimnis der Schauspielerei liegt in der Kunst der Selbstverleugnung. Die vollkommene Illusion beruht letztlich auf uneingeschränktem Selbstbetrug.

Sie können sich denken, dass ich niemals aus der Rolle fallen kann. Im Laufe der Zeit ist es mir gelungen, mich immer weiter zurückzunehmen und in mir den größtmöglichen Raum für meine Aufgaben zu schaffen, so dass ich jetzt sagen darf: Ich habe mich völlig ausgelöscht! In jedem Ich aus meinem Mund spricht eine Rolle sich aus. Sie ist ich, und ich bin die Rolle. Darüber hinaus existiere ich nicht. Ich bin sicher, das können nicht viele Schauspieler von sich behaupten. Bei den meisten handelt es sich doch um eitle, aufgeblasene Gockel, denen Applaus und Ruhm die Welt bedeuten. Ich wiederhole meine Warnung: Hüten Sie sich vor diesen Betrügern! Das Einzige, was diese Leute meisterhaft verstehen, ist, sich so geschickt zu schminken und so transparent zu spielen, dass man sie selbst trotz Maske und Kostüm darunter noch erkennt. Bei solchen Leuten, mein Herr, ist Ihre Sache in keinen guten Händen. Engagieren Sie mich! Sie werden verblüfft sein, schon nach kurzer Zeit werden Sie selbst Spiel und Ernst nicht mehr auseinanderhalten können. Denn es wird eins sein: Der Ernst ist Spiel, und das Spiel ist Ernst. Nicht mal der Schauspieler kennt den Unterschied.

Wie können Sie zögern? Sie wissen, wie wichtig ich für Sie bin. Geben sie zu: Sie haben keine Wahl, wenn

Sie Ihr kleines Theater vor dem Bankrott bewahren
wollen. Jeder braucht mich, Sie können mich haben!

Über die Wahrheit
in der Literatur

„Wie", fragte mich unlängst mein Nachbar, und ich hegte den Verdacht, dass er es in nicht uneigennütziger Absicht tat, „wie verhält es sich eigentlich mit der Wahrheit in der Literatur? Sie müssten mir doch dazu Auskunft geben können."

„Das ist richtig", erwiderte ich und gedachte, ihm auf seine peinliche Frage eine nicht minder lästige Antwort zu geben. „Meiner Ansicht nach ist es damit so: Ein junger Mann, nennen wir ihn den jungen Dichter, denn man ist immer schon ein wenig von dem, was man sein wird, wird von einer Idee, einer Wahrheit befallen. Sie lauert ihm auf, während er spazieren geht, im Stadtpark zum Beispiel. Die Sonne scheint, er achtet nicht auf den Weg, und ehe er sich versieht, springt sie ihn aus den Ginsterzweigen an oder kriecht ihm aus dem Gras die Beine hoch. Er spürt, wie es kribbelt, doch es ist schon zu spät. Oder in der Stadt stürzt sie sich auf ihn aus dem obersten Stock eines Hochhauses. Sie liegt in Kaufhausregalen, im Bus und auf den Straßen: Überall verbirgt sich eine Wahrheit und wartet nur auf ein fruchtbares Opfer.

Dieses sitzt schließlich in seiner Kammer und stützt den Kopf in die Hände. „Da hocke ich nun und habe eine Wahrheit", stöhnt der arme Mensch. Doch nicht allein, dass er sie hat: Er will sie so schnell wie möglich wieder los sein. Und nur darum kreisen seine Gedanken: „Wie bringe ich meine Wahrheit unters Volk?" Er kann er sich ja nicht einfach auf die Straße stellen und sagen: „Hier, bitte schön: Ich habe eine Wahrheit, nehmt sie!" Zittern durchfährt ihn, wenn er an die Leute denkt, wie sie ihm ins Gesicht lachen werden, wie ihre Augen leuchten: „Selber schuld! Sieh zu, wie du damit fertig wirst!" Wie sie die Achseln zucken und spotten: „Nein danke, wir nehmen deine Wahrheit nicht an!"

Hier setzt die geniale Leistung eines großen Dichters ein. In seiner Not bringt er es zu einer geradezu vollkommenen Fähigkeit, den Unwilligen seine lästige Wahrheit unterzuschieben. Und er beginnt, seinen Gedankenapparat in Gang zu setzen, grübelt hin und her, erwägt alle nur denkbaren Möglichkeiten, in zwei- oder dreihundert Seiten seine Wahrheit zu verbergen. Die Schwierigkeit liegt eben darin, sie so einzuflechten, dass sie nicht ins Auge springt, niemanden zurückschreckt und sich ganz unauffällig hinüberschleicht in den Leser, bis der sie schließlich, verblüfft und schaudernd, in ihrer ganzen Nacktheit vor sich sieht und zugeben muss: „Ich habe eine Wahrheit."

Ja, widersinnigerweise beginnt er sogar, nach ihr zu forschen, wenn sie erst einmal Fuß gefasst hat in ihm, und der gequälte Geist gibt nicht eher Ruhe, als er glaubt, sie voll erfasst zu haben. Doch dann, nach einer kleinen Weile, bemerkt er seinen Irrtum, sieht, wie blindlings er in die Falle getappt ist, hält übertölpelt das Buch in der Hand und bekennt: Nicht er hat sie, sondern die Wahrheit hat ihn erfasst.

Verständlich seine Erwägungen, den Dichter unverzüglich zugrunde zu richten, und dass, ihn auf seinen eigenen Büchern zu rösten, noch der gelindeste seiner Rachegedanken ist. Und der junge Dichter, wie er die verschlüsselte Botschaft der Öffentlichkeit übergibt, sieht schon die beißenden Kritiken, ahnt den heimeligen Leser und seine Rachepläne und nimmt doch all das lieber in Kauf als die kalte Abweisung derer, denen er die blanke Wahrheit unverhohlen ins Gesicht zu sagen wagte. Die stilistischen Akte namhafter Literaturhyänen, die den Autor nicht ungern an seinen eigenen Satzgebilden aufgehängt sähen, von der eigenen Syntax erdrosselt, erdolcht von den Spitzen der eigenen Feder, sind ihm nichts gegen den Hohn dumpfer, ablehnender Augen eines unmittelbaren Gegenübers.

Doch dann kommt es ganz anders. Nichts erscheint von den üblen Verunglimpfungen, niemand bezichtigt ihn des Schindluders mit der Wahrheit, nein: Er wird in hohen Tönen gelobt, mit zarten Formulierungen umhüllt und in die lichtesten Wipfel hoher Kunst emporgehoben, von wo er, gleichsam schwebend, auf alles und alle hinabzuschauen scheint. Jeder entrichtet ihm Tribut, selbst von dem stillen Leserlein in seinem Sessel am Fenster schwingen liebliche Dankesbriefe sich zu ihm hinauf. Denn vor der Rache kommt, wie so oft, die Besinnung. Schließlich, was nützt es, den armen Tropf von Dichter in Hölle und Elend zu schicken, sitzt man am Ende doch da und weiß nicht, wohin mit der aufgeladenen Last. Und da es nun doch vielen an dem Sprachgeschick mangelt, mit welchem der Dichter seiner Leserschaft das Kuckucksei ins Nest zu legen versteht, bleibt letztlich nicht viel anderes, als den hinterlistigen Kerl vollmundig zu preisen, bei dieser Gelegenheit den Bastard möglichst oft und deutlich vorzuzeigen und sich derart seiner zu entledigen. Zumal man solcherweise auch einiges von seinem übrigen Wahrheitenpaket mit auf den Weg geben kann, insbesondere wenn man dem Dichter, was stets aus purem Egoismus geschieht, in einigen Punkten widerspricht. – So ist unter den Literaten und Lesern dieser Welt ein reger Handel im Gange, wo Wahrheiten getauscht, Ideen verladen, Gedanken mit Taschenspielermethoden aus dem eigenen in fremde Köpfe befördert werden. Sie sehen, so kann es geschehen, dass eine kleine ärgerliche Wahrheit, wenn sie nur das richtige Opfer trifft, ihren erbaulichen Weg macht in die Literatur und in die Welt."

Mein Nachbar zuckte leicht mit den Augen. „Eine nette Geschichte", sagte er müde, „ich werde sie mir merken." „Tun Sie das", erwiderte ich und blieb mit einem frohen Gefühl zurück.

Nach einigen Tagen erhielt ich einen Brief von jenem Nachbarn. Darin schrieb er: „Wissen Sie, ich kann so etwas nur schwer sagen, aber Ihre Geschichte hat mir gefallen. Ich habe sie schon weitererzählt und sie erfreut sich großer Beliebtheit. Sie sollten sie aufschreiben."

Lebenskünstler

Er war ein Mann, der eine Stadt, sobald er mit der Einrichtung einer sorgfältig ausgesuchten Wohnung zu Ende gekommen war, sofort wieder verließ. Sowohl mit der Suche als auch mit der Gestaltung der Wohnung ließ er sich Zeit, so dass er alles in allem jeweils zwei bis drei Jahre in derselben Stadt blieb. Seinen Beruf konnte er überall ausüben. Fragte man sich, warum er in eine Stadt gekommen war und was er eigentlich dort trieb, musste man sagen, er sei damit beschäftigt, eine Wohnung zu suchen oder aber, in der späteren Phase, eine Wohnung einzurichten.

Die Menschen, die er kennenlernte, fanden es allerdings selbstverständlich, dass jemand, der neu in die Stadt gekommen war, sich zunächst eine Wohnung suchte, um sie dann seinen Wünschen entsprechend zu gestalten. Dass er sich beim einen wie beim anderen Zeit ließ und mit großer Sorgfalt, genauen Vorstellungen und Ansprüchen vorging, schien darauf hinzudeuten, dass er einen Aufenthalt von langer Dauer plante, wenn nicht gar für den Rest seines Lebens.

Strenggenommen bekam niemals ein anderer als er selbst seine Wohnung im fertigen Zustand zu sehen. Kurz vor Beendigung der Arbeiten gab er eine Einweihungsfeier für die Menschen, die er inzwischen kennengelernt hatte, lud auch einige Bekannte aus

anderen Städten, in denen er zuvor gelebt hatte, dazu
ein und wies auf die kleinen Mängel hin, die in der
Wohnung noch zu beseitigen waren.

Kurz darauf fanden Besucher bereits Spuren des
Abbruchs, der Auflösung seiner eben erst hergerich-
teten Heimstatt vor. Niemand konnte bezeugen, dass
er überhaupt jemals eine Wohnung vollständig ge-
staltet hatte. Es war ebenso denkbar, dass er jedes Mal
kurz vor dem Ende die Arbeit abbrach und mit der
Einweihungsfeier zugleich seinen baldigen Abschied
beging.

Welche Gründe und Zwecke ihn zu diesem Verhalten bestimmten, war nicht in Erfahrung zu bringen.
Da der Wohnungstyp und auch die Art der Einrichtung stets dieselben blieben, scheint die Erklärung
einleuchtend, dass er etwas ausprobierte. Dass er die
Stadt suchte, die ihm passte, in der es die Wohnung
gab, die ihm vorschwebte und die genau so zuge-
schnitten war, dass sie seine Vorstellung von Einrichtung kompromisslos umzusetzen erlaubte. Ob dies
aber zutraf, trat erst in der letzten Phase der Gestaltung zutage. Jetzt erst zeigte sich, ob die Wohnung die
war, die er suchte. Es liegt nahe, dass es sich so ver-
hielt. Und da bislang keine Wohnung exakt seinen
Anforderungen entsprach, gab er sie noch jedes Mal
angesichts dieser Erkenntnis auf und zog aus, in eine
andere Stadt, und begann von neuem.

Meisterschaft

Der nahezu unbekannte deutsche Schriftsteller Michael S., der sich mit zweifelhaftem Erfolg in der Kunst der Imitation zu profilieren trachtete, legte vor etlichen Jahren neben anderen Schriften eine Erzählung vor, die sich als Wort für Wort identisch mit einem Texte des berühmten österreichischen Dichters Thomas B. erwies.

Von diesem zur Rede gestellt, ob er sich nun vom Imitator zum Plagiator zu entwickeln gedenke, gab Michael S. freimütig zu, auch ihm sei die Übereinstimmung seiner eigenen Erzählung mit jener des von ihm verehrten Thomas B. augenfällig geworden, doch sehe er keinen Grund, diesen Sachverhalt zu bedauern. Vielmehr betrachte er es als einen glücklichen Höhepunkt seiner Bemühungen, es in der Nachahmung seines Vorbildes bis zur Verwechselbarkeit gebracht zu haben. Gerade dadurch sei er selbst unverwechselbar und fühle er sich in seiner künstlerischen Bedeutung bestätigt: denn noch nie habe er bisher von einem Imitator gehört, dem in Ausübung seines Berufes die restlose Übereinstimmung mit dem Original gelungen sei. Indem der Künstler beabsichtige, in der Kunst vollkommen mit seinem Gegenstand zu verschmelzen, sei die Aufhebung der eigenen Identität sein eigentliches Ziel, erklärte er. Man könne das Kunstwerk sogar als die Verschmelzung des

Künstlers mit seinem Gegenstande definieren – so dass auch er, Michael S., da er das Werk eines anderen rezipierend durch sich hindurch reproduziere, sich einen von Einfühlungsvermögen und ursprünglicher Schaffenskraft charakterisierten Dichter zu nennen, beanspruchen dürfte, wäre nicht die konkrete Nihilirung, wie er das Bestreben, seine hervorragenden Fähigkeiten zu depersonalisieren, bezeichne, sein erklärtes Ziel.

Aber von all dem, fügte er hinzu, lohne nicht zu sprechen, da es einem berühmten, also egozentrischen, insofern gewöhnlichen Menschen naturgemäß auf immer unverständlich bleiben müsse.

War der Schriftsteller Michael S. von jeher wenig beachtet worden, von da an wurde es noch ruhiger um ihn, bis man schließlich überhaupt nichts mehr von ihm hörte. Sämtliche Nachforschungen, seinen Verbleib betreffend, blieben erfolglos, und man kam allgemein zu dem Schluss, er habe sich, die Fruchtlosigkeit seiner Arbeit erkennend, endgültig zurückgezogen. Kaum jemand ahnte die stille und ungeteilte Meisterschaft seines Verschwindens.

Das Vermächtnis

Das einzige Vermächtnis eines Dichters ohne Werk waren dieser ungeprüften Anekdote zufolge die Worte, die er auf dem Sterbebett einem Fremden diktierte, der gerade vorbeigekommen war: „Wenn sich in meinem Leben ein Sprichwort bewahrheitet hat", sagte der todkranke Mann, „dann das dasjenige, das besagt, es komme immer anders, als man denkt. So oft ich mir vornahm, etwas zu arbeiten, und die entsprechenden Vorbereitungen dazu traf, Kaffee kochte, Zigaretten bereitlegte und so weiter, geschah irgendetwas, das die Verwirklichung meines Vorhabens verhinderte. Zum Beispiel klingelte das Telefon, und nach einem längeren Gespräch fand ich meine Gedanken und mein Gefühl so kalt vor wie den Kaffee. Oder ich wurde abberufen, oder jemand kam zu Besuch und trank gerne eine Tasse mit ... So auch in anderen Dingen. Tatsächlich habe ich niemals etwas, das ich mir vorgenommen hatte, auch ausführen können, und so werde ich jetzt sterben in dem beunruhigenden Bewusstsein, während meines ganzen Lebens eigentlich zu nichts gekommen zu sein."

Als sollte es die berühmte Ausnahme sein, die die Regel bestätigt, ist ihm dieses eine Mal nichts dazwischengekommen.

Der Autor

Prof. Dr. Hans-Joachim Pieper, Jg. 1958, lehrte Philosophie an der Rheinischen Friedrich-Wilhelms-Universität Bonn und an der Alanus Hochschule für Kunst und Gesellschaft in Alfter.

Er ist Autor philosophischer Fachbücher, Artikel und Essays sowie zahlreicher Erzählungen und Gedichte.